朝日新書
Asahi Shinsho 402

「やりがいのある仕事」という幻想

森　博嗣
MORI Hiroshi

朝日新聞出版

まえがき

この本のきっかけ

「これからの働き方」といった内容でエッセィを書いてほしい、という依頼を受けた。僕は、世間では小説家と認識されているけれど、既に新書を九冊出していて、これがちょうど十冊めになる。きりが良いのは、たまたま指の数から人間が十進法が好きになっただけのことなので、特に意気込みというものはない。

仕事について書いてくれという依頼が来るとは考えていなかった。僕は、ばりばりとビジネス界で活躍した人間ではない。ろくに就職活動をした経験もない。また、仕事は、大学の教官と作家の僅かに二つしか経験がない。学生のときのバイトを入れても十くらいではないか。特に、世間一般で言うところの「会社勤め」をしたことがないから、そういったいわゆる「ビジネス」における人間関係や、その他諸々の「社会人の苦労」を、人からの話でしか知らない。

どうして、そんな「普通ではない」僕に依頼が来たのか、とよくよく企画書を読んでみると、こんな一文があった。


先日、「就活自殺」という言葉があることを知りました。近年、就職活動に失敗して、自ら命を絶つ若者が急増しているというのです。事実、若い世代には、就職活動に失敗しブラック企業に勤めざるをえない者、仕事が思うようにいかず、もがき苦しんでいる者が沢山います。こんな状況を目の当たりにしていたある日、森博嗣先生のエッセィで展開されていた〝人生の目的〟に、ふと思いがよぎりました。

「人生の目的は、自由の獲得のため」

生きる意義の大半が仕事にあると思い込み、スタート地点で自殺にまで及んでしまうなんて、なんともったいないことでしょうか。もっと広い世界に楽しみを見出しても良いのではないか……。森先生のエッセィを通して、そんな思いに至ったのです。

ビジネスの社交辞令であるから、真に受けたわけではないけれど、しかし、たしかに今の若者には、就職に限らず、結婚とか友達とかで悩んでいる人が多いみたいだ。僕などは、昔は悩む暇などなかっただけのことで、今は、悩めるだけでも豊かになった証拠では、と認識しているけれど、それを書いたら身も蓋《ふた》もないか（書いたが）。

そのとおり、この本に書いてあることは、一言でいえば「身も蓋もない」ことである。だいたい、僕の書くものは全部そうらしい（自分ではそうでもないと思っているのだが）。

若者の相談から考えた

作家になる以前は、大学の教官（国家公務員）だったので、大学生をいつも相手にしていた。ちょうど社会へ巣立っていく年代だから、みんなが就職する場面を見ている。就職の世話もするし、就職のことで相談も受ける。そんな立場だった。また、十数年まえに作家になってからも、メールをくれたり、講演会へ来てくれる人というのは、どちらかというとやはり若い人が多い。読者の平均年齢は三十歳くらいだが、わざわざアプローチしてくる人はそれよりも若い、ということ。そして、そういう若者からも、ときどき相談みたいなものを受ける。この頃は、ネットが当たり前になったし、誰にでも話しかけることができるオープンな世の中になったから、以前よりはずっと軽い気持ちで相談できるのだろう。

それで自分なりに、若い彼ら彼女らになにかアドバイスができないものか、と考える時間が（そんなに多くはないが）たびたびあった。責任感とか使命感というものは、申し訳ないが、僕にはほとんどない。けれど、相手は、やはりなんらかの決意を持って相談をしにきたのだから、少しくらいは誠意で応えたい。

ただ、その回答というのは、「こうしなさい」と具体的な方針で示すことはとても難しい。なにしろ、相手のディテールを僕はほとんど知らないのだから、どうしても一般論、抽象論になってしまう。それに、僕はそもそも自信家ではない。したがって、「こう考えてみてはどうか」というヒントのようなことがせいぜい言えるだけだった。ときどき、そういうものをさらに一般化して、既に幾つかのエッセィなどで書いたつもりだ。

人はそれぞれ違う

僕自身の人生は、平均的な日本人の生き方からやや逸脱しているだろう（自分ではそうでもないと考えているが）。相談者は、どうやら僕の生き方に憧れているようなのだ。そういう場合が多いこともだんだんわかってきた。

僕は、最近ほとんど仕事をしていない。大学は四十七歳で辞めた。作家の方は、一日一時間だけしか仕事をしない。あとは、ほとんど遊んでいる。毎日が楽しいから、そのとおり、「楽しい」と書いたりする。きっと、これまでの忙しかった日々ではなく、この今現在の自由で楽しい生活に憧れているだけだろう。どうすれば、早くそういった自由な生活を手に入れられるのか、ということだと思われる。

それが、「そんな生き方をするためには今どうしたら良いのか？」という疑問になって、相談にくることが多い。直接そうは言わなくても、それを含ませるようなことを言う。

しかし、僕のような生き方というのは、僕が書いているものから、勝手に想像したものであって、きっと美しくて素晴らしい世界を想像しているのだろう。ものを書くときには、綺麗事を書いているわけではないが、しかし、無理に汚いことは書かない。だから、そんな素晴らしい妄想になってしまう。たぶん、芸能人に憧れるファンも同じだろう、と推測する。

そういった妄想と現実のギャップが仮にまったくないとしても、やはり、ちょっと困った問題といえる。たまたま、僕はこんなふうに考えて、こんなふうに生きているけれど、しかし、それがあなたの人生にも適用できるという保障は全然ない。適用できるどころか、応用も難しいかもしれない。なにしろ、僕は、僕という人間に合わせて、僕の周囲の環境に合わせて、僕が生きてきた時代に合わせて、僕自身を修正しつつ今に至っている。あなたは、僕ではないし、僕の環境や時代と同じでもない。だから、「あなたの道を自分で歩くしかないでしょう」と正直に言ってしまうことになる。これもまた、身も蓋もないと受け取られるかもしれない。

そうはいっても、あまりに突き放すこともできず、多少はそれらしいヒントだけなんとか捻り出して、その場はお茶を濁すことが多かった。あとで、非常に自己嫌悪に陥る。何がって、ずばり無理だと言うのが誠意だろう、と思えることもしばしばだからだ。難しいものである。

しかし、ものを書く仕事、先生と呼ばれる仕事というのは、このように自己嫌悪で稼ぐようなものだ。稼いだ分だけ気分が悪くなるのが、道理である。しかたがない。

さて、まえがきでいきなり消極的なことを書いてしまったが、少し気を取り直して基本的なことをいえば、僕は、できるだけ沢山の人が幸せになってもらいたいと願っている。そして、そういう幸せな人が増えることが、人類の平和につながると信じている。したがって、そんな大きな理想に対して、少しでも自分の言動が役に立つのなら、悪い気はしない。もちろん、良い気がしても、大したものではないのだが。

人は働くために生きているのではない

僕の仕事に対する第一原理というのは、これまでに幾度も書いているが、つまり、

「人は働くために生きているのではない」ということだ。

これは、僕としては当たり前のことだけれど、大昔からつい最近まで、ずっとそうではなかった。「人は働くために生きている」と言葉にはしないまでも、それに限りなく近い世間の認識がたしかにあった。

仕事をしていないと「一人前の社会人」と見なしてもらえなかった。数十年まえまでは、世界のどこでも（たとえ民主主義の国でも）働かない人間には、選挙権さえなかった。諺《ことわざ》には、「働かざる者、食うべからず」なんていうものがあって、これは今でも、けっこう普通にみんなが口に出す常識といえる。また、憲法には、国民の労働の義務が規定されているらしい。僕は法律には大変疎《うと》いので、よくわからないが、でも実際には、労働しないからといって逮捕されたりはしないみたいだ。だから、罰則があるわけではない。また、少なくとも、労働していない人でも、基本的人権は認められているはずだ（僕はそう認識している）。世の中には、「権利には義務が伴う」という言葉があるけれど、実際には、基本的な人間の権利（人権）は、なにかの義務と交換するものではない。誰にでも無条件で認められる（認めなくてはならない）権利のはずだ。

そういった理屈はともかく、僕は、働くという行為が、そんなに「偉い」ことだとは考えていない。「働きたくなかったら、べつに働かなくてもいいんじゃないか」というのが僕の基本的な立場である。また、働いていない人を、見下げることもないし、可哀相だとも思わないし、逆にいえば、仕事の立場がどんなに偉くても、それは人間として尊敬できるというのとは別のファクタだ、と考えている。

職業に貴賤はあるか

そもそも、職業に貴賤《きせん》はない。「偉い仕事」というのは、つまりは給料が高いとか、能力や人気で選ばれた者だけが就けるとか、そういった「ポスト」を示すようだけれど、その偉さは、たいていは賃金によって既にペイされているはずだ。つまり、そういう「偉そうな仕事」をしたら、その分の高給を得ているわけで、それでその偉さは差し引かれているはずなのだ。もし、賃金は一切いらない、というのなら本当に偉いと思うけれど、金をもらっているなら、それでいいじゃないですか、と僕は考えてしまう。

たとえば、国を動かす凄い仕事をしている、といっても、それだけの金をもらっているのなら、それくらいしても当たり前では、と考える。

下の者に命令ができる人が偉いわけでもない。命令をきく人たちは、その分の賃金を得ているから言うことをきくだけだし、また、命令できるのも、それは単にその場に限って通用するローカル・ルールがあるだけのことで、ようするに一種のゲームだと思えばわかりやすいだろう。鬼ごっこをするとき、鬼はべつに偉いわけではない。怖いから逃げているのでもない。そういうルールなのである。どちらの立場も、嫌ならいつでもゲームから降りることができるのだ。

また、若い人は、「格好の良い仕事」に憧れる傾向がある。この格好が良い仕事というのは何なのか、僕には正直なところわからない。たとえば、デザイナは清掃業者よりは格好良いのだろうか。その理由を教えてほしい。建築家なんかも格好良い仕事に含まれているようだ。僕は工学部の建築学科の教官だったので、学生の多くは建築家（建築デザイナ）になりたがった。コンクリートを練る土木作業員にはなりたがらなかった。その理由を是非教えてほしい。体力を使うものは格好悪いのか、と尋ねると、「いいえ、躰《からだ》を使うことは大好きです」と答える体育会系の学生もいたが、やっぱりデザイナ志望だった。

若者にとって就職が悩ましい理由

とにかく、若者の多くが「仕事」というもので悩んでしまうのは、それまで仕事をしたことがないからにほかならない。子供には、仕事のことをあまり教えない文化がある。たぶん、子供には「大人の世界のいやらしさ」を見せないようにしているのだろう。そのとおり、仕事はみんないやらしいものだ。「下賤《げせん》」な行為だ。暴力シーンやセックスシーンを子供に見せないのと同様、それなりに意味のある配慮だとは思う。

しかし、どうも大人は、「仕事は大変なんだ」と苦労を語りたがる。そうやって、大人という立場を守ろうとしているのだ。「お父さんは、こんなに大変なことをしているのだよ」と子供に言いたがる。実に情けないことだ、と僕は感じる。

このように非公開と捏造《ねつぞう》の情報で育った子供たちが、やがて就職をすることになるわけだが、おそらく、仕事というものに、最初から怯えているといっても良いだろう。仕事を恐れ、仕事に尻込みしている原因の多くは、つまり大人の態度にあるといえる。「もう、これからは遊べないのだ」とか、「自分に合った仕事に就かないと人生が台無しになる」というプレッシャが沸き起こる。それまでは、テストさえできれば良かった。そのほかは、せいぜいクラスの空気を読んで、孤立しないように注意していれば良かっただけだ。実のところ、仕事だってだいたいそれと同じようなものなのだが、そうじゃない、仕事というのは生易しいものではない、命懸けで取り組むべきもの、いい加減な気持ちではやりとげられない、と大人から散々威《おど》されているのである。無理に例を挙げるなら、まるで戦場へ赴くようなもの、召集令状を受け取ったみたいな感じだろうか。

このように、若者にとっての就職とは、結婚と同じように、今まで未体験で、学校の授業で詳しく習うこともなく、大人からは「戦場」なのだと吹き込まれた場へ否応なく向かわされる行為なのである。

本当に気の毒なことだと僕は思う。会社説明会にスーツを着て集まっている若者たちを見ると、可哀相だなあと泣けてくるくらいだ。

この本で書きたいこと

だから、この本では、そんな幻想を少しでも消してあげたい。自分の思ったとおりの就職ができなくても、全然悲観するようなことではない、ということを書きたいと思う。「これから就活をして、立派なビジネスマンになりたい!」と意気込んでいる人にはあまり適さないだろう。そういう人はその勢いで臨めば、まあしばらくの間は大丈夫だと思う。ただ、その勢いがなくなってきたときの心配があるだけだ。

今一つ勢いというものを持てなくて悩んでいる人には、この本は少し役に立つ、と僕は思う。それは、「勢いをつける」という機能ではない。勢いが出なくても、「人間として基本的に大丈夫だ」ということ、そういう気持ちを持ってもらえるという機能を、この本に盛り込みたいと考えている。

就職活動や新入社員からもう何年も経っているという人でも、やはり現在の仕事に対して「やる気のある自分」を見失っている場合があるかもしれない。そんなとき、何が間違っていたのか、という悩みを抱えることになるだろう。三十代くらいまでだと、まだやり直せるのではないか、という迷いもあって、この悩みは大きくなる。適切なアドバイスになるかどうかはわからないけれど、本書の内容は、基本的な考え方、あるいはヒントにはなるはずである。

僕は、二人の子供を育てた。既に二人とも三十歳近い。小さいときには、もの凄く厳しく育てたつもりだ。殴りこそしなかったが、テレビも見せず、悪いことをしたら、食事を与えなかった。おもちゃも滅多に買わなかった。小学生になったとき、勉強をすることの意味を教えた。その後は、通信簿も見ず、まったくノータッチだったが、二人とも第一志望の大学に合格し、その後社会人になった。成人したあとは、もうなにも言わない。相談を受ければ、「好きにしなさい」と答えることにしているし、お金が欲しいと言ってくれれば与えただろう（言ってきたことはないが）。そして、何の仕事をしているのかもよく知らない。彼らが何をしていようと、どんな生活をしていようと、生きているならば、自分の子供であるから嬉しい。仕事というものは、今どんな服を着ているのか、というのと同じくらい、人間の本質ではない。

だいたい、この本の内容がわかっていただけただろうか。こりゃあ駄目だと思った人は、立ち読みはここでやめた方が良い。書店には、沢山の本が並んでいるはずだ。ビジネスで役に立つ、と謳《うた》われたものが山ほどあるし、就活のための予備知識を書いたものも捨てるほどあるだろう。

少なくとも、この本には一切そういうことは書かれていない。

「やりがいのある仕事」という幻想　目次

まえがき

［第1章］ 仕事への大いなる勘違い

［第2章］

自分に合った仕事はどこにある？

［第3章］ これからの仕事

[第4章] 仕事の悩みや不安に答える

［第5章］ 人生と仕事の関係

あとがき

［第1章］

仕事への大いなる勘違い

仕事の定義

「仕事」というのは、実に多くの意味で使われている言葉である。たとえば、僕のような理系が最初に思い浮かべるのは、力と距離を乗じて得られる物理量である。だから、仕事というと、ワークよりもエネルギィを思い浮かべてしまう。しかし、この本で使われる「仕事」はそうではない、働いて金を儲ける行為のことだ。

働くだけの仕事というものもある。たとえば、部屋の整頓をするとか、庭掃除をするとか、洗車するといった作業である。こういったものを「仕事」と言う人もいるし、いやそれは仕事じゃないでしょうと言う人もいる。しかし、テレビを見るとか、ライブに出かけるというのは、明らかに仕事ではない（なかには仕事の人もいるけれど）。

部屋の整頓が、テレビを見るのとどう違うのかといえば、それは「やりたくないけれどやらなければならない」かどうかにあるだろう。微妙なところだが、だいたいこのあたりに線引きがありそうだ。つまり、仕事というのは、抽象的に表現すると、「したいという気持ちはそれほどないけれど、それをしないと困ったことになるからするもの」ということになる。「金を儲ける」というのも、金がないと生活に困るからである。したがって、この定義でカバーできるだろう。

ところが、「したい」という気持ちがある仕事もある。やる気満々で仕事をする人がけっこういるようだ（部屋の整頓だって大好きだという人がいる）。「仕事が生きがいだ」と嬉しそうに語る人だっている。どうしてそんなことを自慢するのかよくわからない。ただ、「仕事は辛《つら》いもの」という常識があるからこそ自慢になるわけだ。もう少し詳しく分析すると、仕事の中に楽しみを見つけている、というだけのことで、仕事が全面的にすべて楽しいという意味ではないはずだ（なにしろ、休日には仕事を休んでいるのだから）。また、本人が自己暗示にかけて、「これは楽しいことなのだ」と自分を騙《だま》している場合もときどき見受けられる。仕事が楽しいと語っていた人が、次に会ったらその仕事を辞めていたというケースが多い。きっと、目が醒《さ》めたのだろう。

「羨ましがられたい」という感情

どうせやらなければならないことなら、気持ち良くやりたいと考えるのは人情である。だから、できるだけそれを好きになって、楽しくこなしたい。そういう気持ちを誰もが持つはずだから、「仕事が楽しい」ことがすなわち「良い状態」で、また端から見ると「羨ましい状況」として捉えられる。人に羨ましがられたい人ほど、「仕事が楽しい」ことを自慢するだろう。意識しているか無意識かはともかく、このような心理があることはまちがいない。

ところで、気が進まなくても、しなければならないこと、というのはほかにも沢山ある。たとえば、生理的なもの、トイレにいくとか、風呂に入るとか、歯を磨くとか、レベルの差はあるものの、食べたり、寝たりするのも、そうだといえる。けれど、これは「仕事」とはいわない。誰もが絶対にしなければならないものだし、仕事よりも「義務的」に感じても良さそうなものだが、あまりそういうふうには考えないみたいだ。僕は、呼吸をすることは面倒だなと思うときがある（細かい作業をするときは、息を止めていたいから）。そんな話をしたら、生きていることが相当に面倒だ。はたして、生きることは仕事なのだろうか？

どうせ生きなければならないのなら、楽しく生きたい、という点では、仕事と同じようにも見える。

そこまで追究していくと「森博嗣は哲学的だ」なんて言われてしまうので、もう少し現実的な話に戻ろう（なにしろ、哲学って何なのか、僕はよくわからないのだ）。

自分の時間と労力などを差し出して、その代わりに対価を得る行為が仕事ということになる。対価というのは、だいたいは金であるが、名誉とか体裁とか立場とか、そういう幻想のようなものも含まれる。だが、それらを欲しがる人にとっては、すべて等しく「価値」なのである。「夢」という言葉を使っても良い。金よりも夢の方が綺麗に思える人が多いだろう。「夢は金で買えない」なんて綺麗事を言う人も多いが、どんなものでも、金以外では買えないのが現実ではないか。

仕事ってそんなに大事なの？

仕事の定義の次に考えたいのは、何故ここまで仕事というものが人間にとって大きな存在になったのか、という点だ。もう少し噛み砕いていうと、「仕事ってそんなに大事なの？」という、恋人とか子供とかがだだをこねて言いそうな台詞にもなる。

古来、人間の価値というのか、偉さというのか、社会的立場というのか、ようするにその人物が「何様か」ということが、その人がしている仕事でだいたい決まっていた。それくらい職業というものは、人の価値を決める重要なファクタだったのだ。

どうしてそうなったかというと、やはり、「稼ぎ頭」という言葉が示すとおり、仕事をしている者が家族を養っている、という「見た目の不可欠さ」がまずある。これは、たとえば、ある村で一人しかいない医者だったら、その人は村人の命を預かっている仕事をしていることになる。これも「不可欠さ」だ。自然にみんなから先生と呼ばれて尊敬される立場になるだろう。

一方では、仕事で金を稼げば、その金を使うことによって、周囲の者が潤《うるお》う。言葉は悪いが、おこぼれをいただくような感じに見えなくもない。金が集まるところには、人も集まる。だから、どんな仕事をしているのか、その仕事でどれくらい稼いでいるのか、ということが人間の価値だと認められやすい社会が長く続いたのである。

階級社会というものが世界のどこにでもあって、そこでは自由に職業を選択できない。日本でいえば、かつては武士は武士であるし、農民は農民だった。どんな仕事に就けるかが、差別の対象となっているわけだ。勝手に職業を変えられては、社会の秩序が崩れてしまう、と考えられていた時代だった。

本当に、つい最近までそうだったのである。この方面に詳しくないので、いい加減な印象で書くが、数十年まえまで、そういう社会は世界のどこにでもあった。実は今でも、まだどこにでもあるけれど、先進国では少なくとも憲法というものができて、「人は皆平等である」と定められた。そもそもこのように憲法というものを持ち出さないと守れないほど難しい認識だった証拠でもある。今では当たり前のことが非常識だった、といっても良い。

仕事をしていると偉いのか？

仕事によって上下があったのと同様に、仕事をしている者は、仕事をしていない者よりも偉かった。たとえば、投票権があるのは一定の稼ぎがある者だけだったりしたのだ。これも立派な（悪しき）差別である。仕事をしている人たちだけで民主主義が行われ、議会で物事が決まったのだから、自分たちの立場の「偉さ」を守ろうという方向に自然になる。奴隷とか、女性には、偉くなってほしくない、という法律ができてしまう。だからこそ、単純な多数決でそのような偏った暴走が起こらないように、理想の精神というものを憲法に謳《うた》ったわけである。自分たちがときには間違ったことをしてしまう、と知っていただけでも、人間は素晴らしい。

これと同じように、個人のレベルでも憲法のような理想の精神を持っていなければならない。空気を読んで周囲の多数決につい流されてしまうのは、民主主義の欠点を取り入れているようなものだ。「人間の価値は仕事とは無関係だ」という憲法（理想）を自分の中にしっかりと持って、ときどき、これに反していないか、と確認をしなければならないだろう。世間では実際問題なかなか理想どおりにはいかないけれど、でも本当はこうなんだぞ、という信念を持っていることが大切だと思う。

仕事は平等とは無関係

子供は、たしかに参政権がない。これは差別されているというわけではなく、子供はまだよく物事を知らないためだ。子供はみんな例外なく大人になる。しかし、女性は、成長して男性になれるわけではないのに、長い間、参政権が与えられなかった。そういう不公平がほんの数十年まえまで当たり前のように存在していた。

僕が子供のときには、「ウーマンリブ」という言葉が流行《はや》っていて、男女平等の精神の下、女性も社会進出すべきだという主張が展開されていた。

まず、男女いずれであっても、自由に就職できる機会があることが大事だと思う。けれども、女性が男性と対等になるためには就職をして社会に出なければならない、という主張は、ちょっとずれていると感じる。たとえば、主婦というのは、社会へ出ていないのだろうか、という疑問もある。結局これは、「男は仕事をしているから偉い」という認識をベースにしているから、そう考えてしまうわけだ。本当は、男女平等と仕事は別問題のはず。仕事をしていても、していなくても、男と女は対等でなければならない。

ただ、そういった誤解が生じるくらい、やはり「仕事は人間の価値を決めるものだ」という社会的な認識が根強かったといえるだろう。

肩書きは無効化されていく

子供に将来の夢を語らせるような機会が多い。小学生の卒業アルバムなどにも、その種のことを作文で書かせたりしている。将来の夢という言葉と裏腹に、何故かほとんど例外なく「どんな職業に就きたいか」ということを子供たちは答えてしまう。おかしな話だと僕は思う。子供だったら、もっと「一日中遊んでいたい」とか、「宇宙を冒険したい」とか、あるいは、「大金持ちになって、自分の庭に遊園地を作りたい」というくらい書いても良さそうなものだが、せいぜい、スポーツ選手になりたいとか、ダンスの先生になりたいとか、どうも仕事の種別に子供たちは拘《こだわ》っているようだ。

こうなるのは、大人が悪いと思う。子供が小さいときから、「大きくなったら何になるの?」なんて尋ねたりするのだ。両親ではなく、祖父母とか、伯父伯母とか、あるいは近所の年寄りとかに多いだろう。二十代くらいの若者は、子供にそんな馬鹿な質問はしない。まだ自分も半分子供だから、その問いかけの虚しさから抜けきっていないためだ。自分がかつて答えた夢に、まだ少し未練を持っていて、現実との狭間で藻掻《もが》いているためだ。それが年寄りになると、もう世捨て人に近づいているから、「この子が立派になるまで自分は生きていられるかしら」といった無責任さから、その場限りの夢のような答を、ただ言葉として聞きたいだけなのである。

僕が子供の頃には、まだ「末は博士か大臣か」なんて言ったものである(さすがに最近は聞かれなくなった)。これは、「神童」なんて呼ばれる優秀な子供のことを語ったりするとき使う表現で、それくらい博士と大臣が偉い世の中だったということ。だいたい、明治か大正ではないか。明治維新以降、職業の選択が自由になったことで、みんな嬉しかったのだろう。

ちなみに、僕は博士号を取得したので、博士である。しかし、日本にいるときは、まったく使い道がない。名刺に書くか、著作の「著者の略歴」にも、いちおう書いてあるけれど、なにか効果があるわけではない。名刺を見せても、割引になることもないし、博士なら本が面白いとは思ってもらえない。近所の人は、誰も僕が博士だとは知らないだろう（そもそも作家だとも知らない）。

英語圏の国では、博士は、ミスタではなくドクタで呼ばれる。日本でいえば、「さん」ではなく「先生」というのと似ている。どこにでも、古い名残りがある、ということだ。これからは、そういうプライベートな情報は、無理に表に出さなくても良いことになるだろう。ネット社会が既にそうだけれど、生まれや育ち、年齢、性別、職業というもので人間を見ることは「差別」だという感覚が急速に普及しているので、これからは、そういうものの「価値」は薄まっていくと思う。

もちろん、専門分野では、一種の資格として作用する。だけど、普通の人間関係では、「役職」とか「肩書き」なんてものを持ち出すのは無粋だ、とみんなが考えるのではないか。

今後の社会というのは、その人の職業が何であっても、普段の生活では無理に詮索《せんさく》しないようになるだろう。そうなれば、だんだん仕事で人を見るという「習慣」もなくなっていくはずだ。完全に消えるには時間がかかるかもしれないけれど。

金と権力の作用

このような資格とか職種に対して、「人間の最も大事な要素」だと決めつけないことが大切だ。「そう言われてみれば、そうだよな」と考える人でも、無意識のうちに、「人よりも立派な仕事に就きたい」と願っていたりする。そういう仕事に就けば、人間としてレベルアップして、みんなから尊敬されるだろうと、勝手に思い込んでいる。

これまでの社会がそうだったわけで、そういう古い人間に接して育ってきたのだから、若者がそう考えてしまうのも無理はないとは思う。でも、いい加減にそういう古い間違った慣習というものを捨て去っても良い頃ではないか。

繰り返すが、職業に貴賤はなく、どんな仕事でも偉い、偉くないということはない。無職であっても、人の価値が下がるわけではない。同様に、金持ちが貧乏人よりも偉いわけではない。どんなに仕事で成功しても、人間として偉くなれるわけではない。

これは理屈だ。「理屈ではわかっているけれど、実際はそうじゃない」という反論もあるだろう。しかし、まず自分自身がきちんとした理屈で考えるべきであって、自分の気持ちに対しては、自分の理屈を当てはめるのが、つまり「正しい」ということだと思う。

もちろん、実際問題としてそうはならない、というのは理由がある。それは、やはり金あるいは権力というものの作用だ。

金も権力も、他者を動かすことができる。たとえば、金を払えば、召使いのように命じて、自分のために仕事をさせることができる。「召し使う」という言葉のとおりで、これはあくまでも仕事の関係だ。また、権力というのも、組織における人事を行うことができるとか、組織の金の使い道を決定できるというように、やはり仕事を通じて他者を支配できる力のことだ。

権力からは逃げられる

大人は、子供に対して、ああしなさいこうしなさい、と命じている。まるで、殿様が家来を好き勝手に使えるような感じに、見かけ上振る舞う。昔は、殿様が偉くて、家来は従わなければならない存在だった。そうしないと自分の身を滅ぼすことになった。子供の場合も、まだ一人で暮らすことができず、逆らうようなことが難しい。

けれども、現代における大人どうしの関係というのは、嫌ならば縁を切ることができる。子供も大人になれば、これができる。権力というのは、個人の力ではなく、その組織におけるルール上の権限でしかない。したがって、上司の命令にどうしても従えないと思えば、その組織を抜け出すことが可能だ。そうすれば、もう命令はその人を支配できない。子供も、酷い親からは逃げ出せる。これが、基本的な原則である。

そうは言っても、組織から出ると職を失うことになるわけで、それでは自分の身を滅ぼすことに等しい、と考えるかもしれない。そこにあるのは「交換」である。つまり、品物を買うときに金を払うのと同じで、得るものと与えるもののバランスを比較する必要がある。「金を失っても、どうしても従えない」という判断はできるはずだ。両者のバランスを常に見極めることになる。

そういった基本は、誰でも知っているはずなのに、ついその中にどっぷりと浸かっていると忘れてしまう。命令する人は「偉い」という印象を持って見るから、そのうち本当に偉く見えてくる。命令する方も、自分は偉いと勘違いしてしまう。こんなところから、多くの問題が生じるわけである。

仕事でのし上がれた時代

もう少し根本的なことを考えてみると、そもそも、職業によって人を差別するその以前には、階級とか人種とか、職業には関係のない「特権階級」というものが存在した。たとえば、王族とか貴族だったら、もう生まれながらにして庶民よりも偉い。貴族は特に仕事をしなくても良い。毎日遊んでばかりいられたのだ。だから、仕事をする者が偉いという考え方は、この時代にはさほど顕著《けんちょ》ではなかった。むしろその逆で、たとえば、生産行為などは、下賤な者のすることだったのだ。

ところが、数百年まえから、王族とか貴族といった階級に社会が支配されているのは良くない、という思想が生まれて、普通の身分の人でも政治に参加ができる仕組みが作られた。中には、それまでの支配階級をギロチンにかけたりするくらい血なまぐさいこともあったわけだが、それほど革命的だったのである。

ちょうどその頃は、産業にも革命があって、大量に工業製品を作れるような時代に突入していたから、階級ではなく誰でも頭を使って頑張れば金が儲けられる、というようなドリームを大勢が抱いた。しかし、結果としては、ごく一部の人間が金を稼ぎ、多くの人々は労働を強いられるばかりで、王族や貴族に替わって、成り上がった金持ちが社会を支配するようになった。

一度そういった地位に立つと、自分たちの立場や資産を守りたい、という考えになるのは当然で、税金を払っている者しか投票権がない、というような、今では考えられないような民主主義が存在した。けっこう長くこれが続いたのである。もしかしたら、見えにくくなっているだけで、今も続いている、ともいえる。

少し話は逸れるけれど、民主主義というのは会議をして多数決で物事を決める制度のことだが、そもそもその会議に誰が出られるのかという時点で既に平等ではなかった。そこで、労働者や貧しい人たちは、金持ちの多数決ではなく、もっと別のカリスマを求め、独裁者を歓迎した歴史がある。現在の民主主義でも、マスコミが煽動《せんどう》して、国民を煽っている。そんな頭に血が上った人たちの多数決で政治を動かすようなことがあっては困る。たしかに民主主義は理想的なシステムだが、このような危険な部分が欠点としてある。だから、理想や理念を忘れないように憲法というものが存在している、と考えて良い。

さて話を戻そう。つまり、王族や貴族から一般階級の人たちが「のし上がった」時代に、「金を稼ぐ者が偉い」あるいは「強い」という観念が社会に広まったのである。こういった経済的な成功者は、今でもほとんど健在で、事実上社会を支配しているといえる。だから、「人間は仕事で価値が決まる」という現実ができた。大昔からあったというよりも、むしろ最近できた考え方だといえる。

偉大さ・大変さを捏造

こういった社会背景から、多くの人は深く考えもせず、仕事というものは「人の価値を決めるものだ」と信じている。どんな職業かということで人の評価の大半を決めてしまっているのだ。だが、それははっきり言って間違いだし、これからはだんだん間違いは正されていくだろう。最近では、以前に比べればだが、私的情報を非公開にするのが当たり前になってきたし、尋ねられても答えなくても良い場合が多くなった。こういう社会では、しだいに職業というものの価値は下がっていくはずだ。

それでも、子供には、「仕事は大事だ」「仕事は大変なのだ」というふうに大人は語りたがる。これはもう、単に「大人は凄いぞ」と思わせたいだけのことで、大人のいやらしさだと断言しても良い。

子供は、学校でけっこう苦労している。勉強も大変である。僕は、社会人のしている仕事の方が、学業よりも楽だと考えている。どちらかといえば、子供の方が大変だと思う。ただ、そう思わせては、子供も可哀相だし、大人もやりづらい。だから、やっきになって大人は「仕事の大変さ」を捏造しているのだ。

大人の何が楽かといって、仕事は辞められるが、子供は学校は辞められない。また、事実上、子供の自由で学校は選べない。大人は仕事を選べる。これだけを取っても、子供の方が過酷である。仕事は基本的に自分の得意な分野であるはずだ。一方、学業は、不得意なものでも、(特に小さい子供ほど)しっかりと向き合わなければならない。

仕事が凄いものだというイメージを、まるでテレビコマーシャルのように大人は作っている。実際に、テレビコマーシャルになっているものもある。たとえば、「国を動かす仕事」とか、「未来を築く仕事」とか、そういう言葉の印象だけで大きく見せる。まるで、それらが「ゲームを作る仕事」よりも「やりがい」があるかのようだ。そんなイメージを植えつけようとしているのである。

しかし、既に書いたことと一部重複するけれど、国を動かすとか、未来を築くとか、それは個人の力によるものではない。そういう力を持っていると錯覚しているだけだ。権力を握るのも、大きなお金を動かすのも、仕事上の立場、つまりルール上に成り立つものであって、個人として特に偉いわけではない。「俺が国を動かした」と言いたいのかもしれないが、せいぜい、「関わった」という程度のものにすぎない。そんなことを言ったら、ほとんどの人が国を選挙を通じて動かしている。

巨大な橋の建設に関わった人は、大根を毎年収穫する人よりも偉いわけではない。そういうものに「未来」や「やりがい」があると感じさせるのは、明らかに言葉だけのイメージで錯覚を誘っている。ようするに「自慢できる仕事」みたいな他者の目を気にした浅ましさにすぎない。

もし、個々の仕事に差があるとすれば、それは賃金の高低くらいだろう。賃金の高い仕事は、能力が要求されたり、大きな責任を問われるものだ。高ければ高いなりにリスクがある。だから、それだけ神経を使う必要があって、体力的にも精神的にも消耗するだろう。だから賃金が高い。逆に、誰にでもできるものは、賃金が安くなる。このあたりは、商品と同じだ。

無理に働く必要はない

以上に述べてきたことは、僕の考えである。これを人に押しつけるつもりはない。たとえば、自分の仕事にやりがいを感じている人は、それで良いと思う。そんなの馬鹿げている、という話をしているのではない。どんなものをどう考えようが個人の勝手なのだ。ただ、これから就職をしようとしている人で、どうもそれが思いどおりにいかない、と悩んでいる人は、少しこういった基本的な原則に立ち返ってみてはどうか、という提案をしているだけである。

人目を気にして良い会社に入りたいとか、両親が一流企業にどうしても入れたがるとか、そんなプレッシャを受けている人はけっこう多い。案外、そこそこに能力があって、勉強もできて、エリートを目指そうとしている人の方が、この傾向が強い。そのプレッシャに打ち勝って期待に応えられる人は良いけれど、そうではない人だっているはずだ。競争というのは、誰かが勝ち取れば、誰かが落ちる。たまたま運悪く落ちた人が、自分は「人生に落ちこぼれた」と結論するのが間違っている、ということを書いているのである。

そもそも、就職しなければならない、というのも幻想だ。人は働くために生まれてきたのではない。どちらかというと、働かない方が良い状態だ。働かない方が楽しいし、疲れないし、健康的だ。あらゆる面において、働かない方が人間的だといえる。ただ、一点だけ、お金が稼げないという問題があるだけである。

したがって、もし一生食うに困らない金が既にあるならば、働く必要などない。もちろん、働いても良い。それは趣味と同じだ。働くことが楽しいと思う人は働けば良い。それだけの話である。こんなことは当たり前だろう。

若い人は、自由にものを考えられる軟らかい頭脳を持っているから、そういう「遊んで暮らせる身分」に素直に憧れる。憧れるのはとても自然だし、できればそういう暮らしがしたいものだと思うのは、人間として正常である。ところが、年寄りになると何故か、そういうものの考え方に否定的だ。「そんなことを考えてはいけない」と怒る人さえいる。凝り固まった頭というのは、理屈も理由も、正常ささえも失われている。

たぶん、自分が一所懸命働いて生きた人生があって、それに価値を持たせたいのだと思う。それは、そのとおり価値がある。立派な生き方だ。しかし、だからといって、仕事をしないで遊んでいる人を非難するのは、まちがいなく行きすぎだろう。

たとえば、親の遺産で大金を手にした人は、遊んでいれば良いと思う。その人が働いて得た金ではないけれど、犯罪を犯したわけではないし、正当な理由で受け継いだものだ。それなのに、遺産を残す親の側が、子供が仕事をしなくなることを恐れて、遺産をなかなか渡さない、なんていう話も聞いたことがある。この頃はみんな長生きをするから、遺産が転がり込むのは、子供が還暦になった頃、というのが平均的なところで、その年齢になって金をもらっても遅い、と僕は思ったりする。もし、子供に残せる金があるなら、子供が遊んで暮らせる人生を送るなんて、素晴らしいのでは？　それが素直に認められないのは、なにか貧乏根性が抜けない古い考えに支配されているのだ。

遺産をもらった場合も、やりたいことがあるという子供なら、楽しい人生が送れるだろう。それは仕事でも良いし、仕事でなくても良い。打ち込めるものがあることが大事だと思う。

精神論のツケ

どうだろう、ここまで読んで、仕事というものがどういうものか、少しは考えが変わっただろうか。若い人は、さほど抵抗なく受け入れられるかもしれない。まだ仕事をしていない人なら、さらに理解が楽かもしれない。三十代とか四十代で、今現在、仕事で苦労を重ねている人には、ちょっと抵抗があるだろう。

仕事で苦しい場面があるとき、「これが俺の生き方なんだ」といった気持ちで乗り越えてきた人は多い。そういうふうに考えて、自分を納得させたわけだ。また、忙しくてほかのことができないときにも、「俺は仕事に生きるんだ」という気持ちの処理をするかもしれない。そうしているうちに、人は、自分が仕事に打ち込めることを誇らしく思うようになる。そして、部下や新入社員に対しても、そういった指導をしようとするだろう。

「今は辛いかもしれないが」なんて言うけれど、仕事というのは基本的にずっと辛いものである。また、「そのうち楽しさがわかる」などと諭《さと》したりするけれど、思い込みならば、誰だってどこにだって楽しさは見出せるだろう。これを言いたがる年代の人は、この本に書いてあるようなことには反発するはずだ。若い人がこんなふうに考えたら困る、とさえ感じるだろう。

いったい誰が困るのかというと、自分である。また、「そんなことで、日本はどうなる？」なんて、大局を見ているような振りをすることもあるけれど、そもそも日本はどうなるのか誰にもわからない。この頃は、どんどん抜かれてじり貧になっている。でも、今の若者の責任ではない。どちらかというと、「やりがいを持て」「仕事にかけろ」と言ってきた年寄りたちの読みが甘くて、今の日本の不況、そして企業の低迷があるのではないか。つまり、やりがいとか、気持ちとか、そんな精神論で仕事を引っ張ろうとしたツケが、今まさに来ているともいえる。若者のせいにしてはいけない。

楽しさを演出する時代

ここ数十年の傾向として、子供たちには勉強の「楽しさ」を知ってもらいたい、社員には仕事の「楽しさ」を見つけてもらいたい、という考えが浸透している。幼い子に対しても、「ほら、楽しいよう」と誘うのと同じだ。単に「やらなければならないこと」を、「楽しんでやれ」と条件をつけているだけである。「やりなさい」と言えば済むのに、楽しさがあるように飾って見せるのだ。

テレビの番組でも、面白い情報をただ見せてくれれば良いのに、芸人を大勢並べたり、過剰な小芝居を作って、「楽しく」見せようとする。そういう無駄なことは良いから、ずばり言ってくれれば良い。番組も授業も「楽しさ捏造」のために間延びするから、本当にそれを知りたい子供や若者は、じれったくて引いてしまうだろう。

仕事でも同じことがいえる。見せかけの「楽しさ」や「やりがい」を作ってしまうから、現場で実態に気づいた若い社員は、「こんなはずじゃなかった」と辞めていく。特に、この頃の若い人は、「好きでなければやらなくても良い」という絶対的な信念を持って育てられているから、辞める判断は早い。

僕くらいの年代だと、子供のときには、嫌いなものでも食べなければならない、というような「戦前の教え」がまだ残っている時代だった。給食でも、嫌いなものが食べられない生徒は、休み時間になっても教室に残されて、食べるまで許されなかった。それがいつの間にか、そういう押しつけを子供にはしないようになった。好きなことをすれば良い、という基本方針になったみたいだ。

だから、なんでもまず好きになってもらうようにしむける。勉強なんてものは、そもそも遊びに比べたら面白いはずはないのに、あたかも「面白い」「楽しい」というように見せかけて子供を騙すようになった。

算数の楽しさを知ろう、科学は面白いものだ、というような台詞が教育の世界では溢れかえっている。子供たちが笑えば成功、それで好奇心が育つなんて大人たちは夢を見た。自分たちが子供のときよりも、今の子供は幸せだ、と微笑ましく眺めたいのだろう。でも、事実上子供たちは犠牲になっているも同然である。

涙と感動が人生の生きがい？

そうして育ったのが、今の若者だ。彼らは、嫌いなことはしなくても良い、と教えられた。少し我慢をしなければならないけれど、そのあとには、大きな悦《よろこ》びが勝ち取れると信じている。その悦びというのは、ご褒美のようなもので、周囲から「偉かったね」と褒められることだ。そういう場面で涙が出て、感動できることだ。それが、人生の生きがいだと思い込んでいる。

大学に入るのも、就職も、そして結婚さえも、スタートするときにみんなから祝福される。そのときの涙と感動でもう満足しきっているし、大学や会社や結婚に対する憧れも、このスタート地点の祝福と感動がゴールであって、そのさきの長い時間をほとんどイメージしていない。

もし辛いことがあれば、そのゲームからは降りれば良い。それが今の若者の価値観である。これは、ある意味で自由だし、全面的に悪いというわけではない、と僕は思う。ただ、会社においては、トップ周辺の年寄りたちの価値観がまだ支配的だから、どうしてもギャップが生じることになるだろう。

「近頃の若者は、仕事さえゲーム感覚だ」という物言いを十年以上まえから聞いている。

この「ゲーム感覚」という表現も既に古くなった。年寄りは、これを「遊び」のようなライトな心構えとして捉えているが、今の若者は、仕事よりもゲームの方が一所懸命だし、明らかに自分の生活の中でウエィトが重い。だから、「仕事をゲーム感覚で」なんて聞くと、「いや、仕事はそこまで打ち込めないでしょ」となる。「バイト感覚でゲームをしていたんじゃ勝てないぞ」と逆に言ったりするのではないか。

人は何で評価されるのか

仕事とは何か、という話を書いてきたつもりだが、いろいろ余計なことまで書いてしまったかもしれない。本章で述べたかったことは、仕事で人間の価値が決まるのではない、という一点だ。これは、仕事を全面的に否定するものではない。なかには、仕事でその人の価値が決まる場合もあるだろう。全員がそうではない、という意味である。

では、仕事でなかったら、何で人間の価値が決まるのだろう?

それは、人それぞれである。仕事以外にも、人はいろいろな行動をする。沢山のことを考える。そういったものすべてで、それぞれに、いろいろな方法で、社会に貢献できる。また、たとえ社会に大きな貢献をしなくても、幸せに生きている人だっているわけで、それも自由だと思う。つまりは、自分がどれだけ納得できるか、自分で自分をどこまで幸せにできるか、ということが、その人の価値だ。その価値というのは、自分で評価すれば良い。

他者を評価するときにも、その人と自分の関係で見れば良い。自分にとって良い人だと感じれば、それは良い人だ。尊敬できる人、好きな人、一緒にいて楽しい人、話をしたい人、などいろいろな価値があるはず。自分にとって得るものがあれば、その人の価値がそれで測れる。逆に、そういう関係でなければ、価値がない人になる。だからといって、その人を否定したり、非難するのは間違いだ。だいいち、そんな場合には、関係を結ぶ必要がない。無理に悪い関係を築く方がおかしい。非難したり、否定したりする以前に、遠ざかれば済む話である。

こういった自分や他者の評価というものの中に、仕事が入る場合もあるし、入らない場合もある。仕事は、特別なものではない、というだけのことである。

たとえば、あの人は、植物のことにとても詳しくて、沢山の知識を持っている、というのと、あの人は税理士さんで、税金のことを良く知っている、というのは、同じ価値の可能性なのである。仕事かどうかが問題なのではない。自分にとって、どちらが価値があるかは、自分が何を得たいかによって決まる。

家が設計できる人も、折り紙が上手な人も、どちらが偉いということはない。今の自分にとって、どちらに価値があるか、というだけの判断なのだ。もし、金が沢山欲しいという人には、金を稼げる仕事に価値がある。また、折り紙が上手になりたいという人には、折り紙が上手な人の方が価値がある。職業の価値とは、せいぜいその程度のものである。

［第2章］

自分に合った仕事はどこにある？

働くことが一番簡単

仕事をどう選ぶか、ということを本章では書いていこう。

当然ながら、凡人には仕事を「選ぶ」ことしかできない。「え、選ぶ以外にどんな方法があるの?」と思うかもしれないが、天才と呼ばれる人たちは、それまでになかった仕事を自分で創造している。このレベルにはなかなかなれないと思う。ただ、それぞれの仕事の範囲内というか、普通の作業の中でも、きっと小さな創造はあるだろう。そういった「これまでになかった仕事」を上手く見つけることができれば、大きな成功につながる。チャンスというものは、いつも「新しさ」を伴っているものだ。

さて、前章で「仕事なんてものはどうだって良い」という基本原則をがつんと書いておいて、しかし現実問題として、社会で安心して暮らしていくためには、まったく仕事をしないわけにもいかないだろう、という話になる。常識的な認識だ。これからそれについて考えてみよう。

お金を沢山持っていて、仕事をしなくても良い立場にある人は、この章は関係ない（そもそもそういう人は、こんな本を手に取らないだろう）。大多数の人は、仕事をしなくてはならない立場にある。普通の生活をしていくためには普通の金額が必要だからだ。また、生活だけならば、働かなくても良いかもしれない人（たとえば、親の脛《すね》を齧《かじ》ることができる人など）であっても、自分の好きなことがもっとしたくて、それには金が必要だ、という場合もある。これも仕事の正当な動機になる。

当たり前の話だが、仕事の目的は金を稼ぐことである。義務とか権利とかそういう難しい話をしているのではなく、ただ、この社会で生きていくためには、呼吸をするように、トイレにいくように、ものを食べるように、やはり「働くしかない」ということ。もう少し別の表現で言うと、生きていくには、「働くことが一番簡単な道」なのである。

働かずに金を得る行為もないわけではない。たとえば、法律で禁止されている、いわゆる犯罪がある。しかし、この犯罪というのも、考えてみたら働かなければならない。「悪事を働く」というとおりだ。そんなに楽なものではない。しかもリスクが非常に大きいから割に合わない。それから、ギャンブルという手もある。これも、あまりにリスクが大きく、失敗の確率が高すぎる。しかも、元手が必要だし、今ある金さえも失いかねない。

犯罪とかギャンブルとか、そういう難しいことをしないでも、もっと楽で簡単で誰でもできる「仕事」が、世の中には沢山用意されている。少し自分を抑えて、他人に従って、面倒なこと、疲れること、意味のわからないことを、「しかたがないな」と思ってやると、それなりに金がもらえる。そういう機会があることは、非常にありがたいことだと思う。

好きなことが最良とは限らない

食事をするとエネルギィが得られるから、生命活動が続けられる。これと同じように、仕事も、自分の時間や労力と、金という社会エネルギィを交換する。食事は好きでも嫌いでもしなければならない。もちろん、好きなものを食べるにこしたことはない。でも、好きなものばかり食べていることが、健康を維持するために最良の策とはいえない。仕事も、自分の好きなことで金が稼げればそれにこしたことはないが、しかし、それが最良とはけっしていえない。

それでも、少々効率は悪くても好きなことを選んだ方が長続きするだろう。好きなものばかり食べているとダイエットにならないけれど、逆に、我慢ばかりしてストレスを溜め込むよりはましというものだ。

ただし、「好きだから」という理由で仕事を選ぶと、それが嫌いになったときに困ったことになる。人の心は、ずっと同じではない。どんどん変わるものだ。嫌いになったり、厭きたときに仕事を辞めてしまうのでは、効率が悪い。「好き」で選ぶことは、そこが問題点といえる。

さらに大きな問題は、食べ物のように好きか嫌いかということが、仕事の場合は事前によくわからない、という点にあるだろう。

若い人たちが、就職活動をするときに、自分の好きな仕事がしたいと漠然と思うのはとても自然なことだけれど、では、自分は何が好きなのか、と考えても、きっとよくわからない場合が多いのではないか。

好みか、それとも適性か

実は、自分が好きなもの、したいもの、という方向性のほかにもう一つ、選択の基準がある。それは、自分が向いているもの、得意なもの、というファクタだ。この好みなのか、それとも適性なのか、という両者は、多くの場合一致していない。

さらに、自分の好みがよくわからないのと同様に、自分の適性だってなかなかわからないものだ。

たとえば、プロ野球選手という仕事ならば、まだ比較的わかりやすい。いくらそれが好きで、是非ともなりたくても、自分に向いているかどうか、ということの重要性がかなりはっきりと認識できるだろう。もちろん、微妙なところではできない場合もある。高校野球で活躍して、自分にはその才能があると信じている人が、しばらくチャレンジを続けてもまったくものにならなかった、ということはよくある話だ。それでも、スポーツはわりと早く結果が出るし、だいたい将来性があるかどうかを客観的に見極めることが可能だ。

芸術分野は、それに比べると少しわかりにくい。自分の才能がどれほどのものか、ということが明確に測れない。ものになるかどうかは、やってみなければわからないし、何十年も時間がかかるかもしれない。こうなると、もう向いているかどうかよりは、それに堪《た》えられるかどうかという話になるから、つまりは、好きでなければ続けられない世界といえる。だから、自分がやりたい、それが好きだ、という気持ちに加え、自分には才能（適性）がある、と信じるしかないだろう。

ただし、芸術の場合は、それを仕事だと認識している人は少ない。そうではなく、多くの人に認められるかどうか、という「他者の評価」「世間の評価」に目標がある。「金などはあとからついてくるものだ」という綺麗事を言う人も多い。でも、評価というのは、結局は入ってくる金でしか測れない。言葉を換えて言っているだけのことだ。

自分のことなのにわからない

そのほか大半の普通の仕事というのは、自分がそれに向いているのかどうか、ほとんどわからないだろう。これは、スポーツや芸術関係の仕事に比べて、比較的「誰にでもできる」ものだからである。

同じ仕事の中にも、いろいろな作業がある。大きく分けると、自分で考えて工夫をするような作業と、人と会ってその人との合意を得るような作業である。前者が得意か、後者が得意か、よく考えてほしいところだが、大学で指導教官をしていて、学生にこれを尋ねてデータを集めたところ、ほとんどの人が自分を見誤っている、と感じた。すなわち、考えて工夫をすることが得意で、人と話をするのは苦手だ、と自覚している人の方がむしろ営業的な仕事に向いているし、また、人と話をすることが得意で、考えて工夫をするのは自分は駄目だ、という人の方が営業に向いていない。個人的な限られた範囲のデータだが、そういうことがよくわかった。

人と話をすることが好きだ、という人は、自分が話すことが楽しいと感じている。こういう人は、相手からは、よくしゃべる奴だと思われている場合が多い。一方、自分は思っていることをなかなか話せないという人は、相手に対して、よく話を聞いてくれる信頼できる人という印象を与えやすい。「人を騙すようなことはできない」という印象が、仕事ではプラスになる。営業の仕事で最も大切なのは、信頼を得ることであって、調子良くしゃべることではないからだ。

このように、自分で自分が何に向いているのか、ということはけっこう難しい判断なのである。人間は、自分を客観的に捉えることが不得意だ。仕事で発揮されるような能力の多くは、あくまでも外面的なものであって、内面的な性格はほとんど問題にならない。極端な話、「振り」ができるかどうかが大事な場面ばかりだ。

またこれとは逆に、もし内面的な誠実さが相手に伝われば、どんな「振り」よりもずっと効果がある。技巧的になんとかなるものが多いが、同時に、技巧的なものよりも素直さが一番の取り柄《とりえ》にもなる、ということか。時と場合によって、適性というのは、どちらに出るかわからないともいえる。

こんなふうだから、自分が向いているもの、というのは多くの若者には見極められないと思う。むしろ、一年しかつき合いのない指導教官の方が、精確にその個人の適正を見ているだろう。これは、大勢を客観的に観察しているためである。

「みなが憧れている会社」の危うさ

わからないなら、適当に好きなものを選べば良いのかというと、その「好き」というのも、まったく当てにならない。どんな仕事が好きか、明確に答えられる人がまず少ない。子供のときからずっと憧れていた、という仕事だって、就職に直面すると、いろいろな分野があることがわかり、一つに絞れないということになる。

だいいち、多くの若者は、みんなが行きたがる会社、つまり人気のある業種を、自分も「好き」だと思い込んでいる。これはアイドルと同じで、みんなが可愛いと言うし、よくテレビで顔を見かけるから、そのうちに自分も好きになってしまう、というメカニズムである。もともと白紙の段階から、自分の感覚で選んだものではないから、自分の好みといえるのかどうかも怪しい。

　ところで、一般的にいえる傾向だけれど、そのとき人気のある業種というのは、そのときたまたま調子が良いものでしかない。たとえば、バブルのときには、みんなが証券会社とか金融業へ行きたがった。その少しあとには、パソコンとかゲームのハードを作る会社に人気が集まった。十年もしないうちに、そういうブームというのは綺麗になくなる。

　年齢の近い先輩たちの話だけを聞くからそうなるのか、原因はよくわからないが、それにしても、今良いものに人気が集中する傾向は不変だ。「今良い」ものは、「これから悪くなる」ものだ、とどうして考えないのだろう？　どんどんこのまま上り調子が続くと考えているのは、やはり若いから歴史や時代というものが測れないためかもしれないが。

今良いものはいずれ悪くなる

若者は、まだ社会というものを十年ほどしか見ていない。しかし、会社に勤めれば、その何倍もそこにいるかもしれないのだ。その時間の長さを、もう少し考えてはどうか、と思う。

人気のある会社は、そのとき調子が良い会社だから、沢山の新入社員を採用する。つまり、同じ年代のライバルが多い。時間が経つほど、その条件の悪さに気づくことになるはずだ。一方、調子が悪い会社を選べば、その後は持ち直して良くなるかもしれないし、そうなったときには、社内にライバルが少なく出世もしやすい。ちょうど、それくらいの年齢になっているだろう。

自分の好きな業種を選んでいれば、こういった不運があっても諦めがつくが、人に流され、時代に流されていると、結局は世の中を恨むことになりかねない。「すべて不況が悪いんだ」なんてことになる。不況というのは、天気みたいなものだが、しかし、天気だったらいつかは晴れる。しかし、経済というのは、元通りに戻る保障などない。今のこの状態が、不況と呼ばれているだけのことだ。これが普通で定常的な状態だと思った方が賢いかもしれない。

流されないためには

大学と就職と結婚という三つのスタートを、この成人前後の若者が直面する問題、あるいは「関門《かんもん》」と考えることができる。このどれもがそうだが、みんなに祝福されたい、みんなから羨ましがられたいという気持ちが前面にあるから、つい、人気のある大学、美人やイケメンの結婚相手、そして現在の人気企業を望んでしまう。それが自分が好きなものだ、と思い込んでいる結果である。

そして、そういう大学に入れない、そういう結婚ができない、そういう就職ができないことで、みんなから蔑《さげす》まれると被害妄想して、籠《こ》もってしまったり、隠れてしまったり、そうでなくても後ろめたく感じたりしてしまう。

そのいずれも、僕はおかしいと思う。そういう価値観をまず綺麗に捨て去る方が良いだろう。それは価値観というほどのものではない、と僕は思う。自分の意志ではなく、ただ流されているだけの状態でしかないからだ。

自分の人生なのだし、自分の幸せのためではないか。だったら、自分で本当に良いと思うものを信じる方が良い。信じるものがわからなければ、それをよくよく考えれば良い。人から褒められたのは、これまで自分が子供だったからだ。大人になったのだから、自分のことは自分で褒めよう。自分で褒めるためには、何が自分にとって価値のあることなのかを、まず考えなくてはならないだろう。それが、流されないための唯一の方法だ。

将来をイメージしよう

僕がアドバイスできることは少ないが、一言だけ書いておこう。仕事は何だって良いと思う。それは前章で書いた理由が基本にあるからだ。どんな仕事をしても、金は稼げる。それが仕事の目的だ。だったら、あとは細かい条件が自分に適しているものを選ぶしかない。

まず、交換するために、自分が何を差し出さなければならないか、という条件に注目する。それは時間なのか。時間ならば、どのような時間なのか。それが労力ならば、どのような労力なのか。そういった条件が自分がしようと思っている生活にとってどうなのか、ということを考える。そしてそれらの条件と「自分の我慢の範囲」を比較する必要がある。

もちろん、条件はしっかりとはわからない。雇い主は正確なことを教えてくれない。時間は自由に選べると聞いていたのに、結局残業が続いて、予想外に時間的な拘束を受ける、という例も少なくない。このあたりは、定刻が来たら「では失礼します」というバイトとはたしかに違っている。ある程度の妥協が必要な場合もある、という覚悟がいるだろう。

その次に、交換として得られる賃金が、考えなければならない条件だ。しかし、これは、どんな仕事でもそれほど大きくは変わらない、ともいえる。もし、ほかよりも圧倒的に実入りが良い仕事があったら、何か裏があると疑った方が賢明だろう。

基本的には、この二つだけ、つまり、仕事をして損をするものと、得をするものである。ただし、それだけで仕事を選ぶというのは、バイト感覚といえる。

就職という場合には、これだけでは済まされない。自分の将来の生活に対して、支配的な要因になるからだ。仕事をする場所がどこなのか、どれくらい自分の立場は上がっていく可能性があるのか、その仕事をどれくらい続けられるのか、などなど、もし長く勤めたいのなら、少なくとも十年や二十年さきのことまで考えて選ぶ必要がある。

なんか、当たり前のことを書いているな、と思う。こういう話は、就活の本に書いてあるだろうから、もうやめておこう。ただ、「時代を読め」ということを言いたいのではない。その反対だ。時代のことなんか二の次で良い。自分の未来、自分が描く将来像をイメージすることが第一だ。時代のことは読めなくても、自分の未来くらい少しはイメージしよう。

選《え》り好《ごの》みしなければ、どこにでも仕事を見つけることができる。就職難と言われているけれど、仕事がないわけではなく、希望しているものが偏《かたよ》っていて、そういうものの中には、働き手を欲しがっているところが少ない、というだけの話だ。

かといって、あちらこちらの「店員募集」みたいな張り紙で、いつでもどこでも働ける、と考えていると、ちょっと不安もある。若いときは、そういうフリーな生活ができるけれど、年齢を重ねていくほど、条件に合わなくなって、バイトは難しくなる。躰も疲れやすくなるから、できないものも増える。その場限りの仕事をして、その場限りの金を稼いで生きる、というのも悪くはないが、病気になったり、事故に遭ったりというときの保障を自分で考えておく必要があるだろう。これも、やはり将来をイメージすることに含まれる。

自分に投資をする

それから、「投資」というものを意識した方が良い。といっても、これは株とか資産運用とか、その手の話ではない。

さきほど、どんな仕事であっても得られる賃金に大差はない、と書いたが、それは実は最初のうちだけだ。仕事は続けていると、少しずつ稼げる金額が大きくなる。この増加率が職種によって、またあるときは個人の適性によって違ってくる。

大まかにいうと、最初が少し安いものは、増加率が大きい。最初が少し多いものは、あまり増えていかない。こうなるのは理由がある。前者の場合は、「仕事を覚える」というようなジャンルのもので、雇う側にしても、新人に仕事を覚えてもらい、役立つように育ってほしいと願っている。ある程度仕事を覚えたところで、初めて使い物になるといっても良いから、初めのうちは、一種の研修期間のようなものと考えることができる。仕事をしているようで、実は教えてもらっているのだから、給料は高くない。これは、研修費を払っているのと同じだ。そのかわり、仕事を覚えると、人間がバージョン・アップした感じで、大いに使い物になるし、そういう人材がほかへ移ってしまわないように賃金も高くする。

つまり、これが「投資」である。会社も社員に投資するし、個人も自分のために投資をする。投資というのは、今すぐには金にならないが、将来は大きくなって戻ってくる、という意味だ。

逆に、特に覚えなくても良い、誰にでもすぐにできる作業がある。見かけでも良いからやる気があって、体力があればできる仕事は多数ある。そういうものは、最初からある程度賃金が高い。そのかわり、年齢を重ねても、特に有利さはないので、賃金は高くなっていかない、むしろ年寄りの方が成果が出せないから、早く辞めてもらいたいと会社は考えて、給料を上げない、というメカニズムだ。

これは、もちろん平均的な傾向というか、一般的なものの道理だ。個々の業種や、それぞれの職場によって、もちろんディテールは違っている。また、時代によっても左右される。

大学院出は得か

投資と聞いて、資格を取るための勉強なんかを連想する人も多いだろう。自分に投資する、という謳い文句も実際に使われている。この資格というのは、僕はあまり強くはおすすめしない。司法書士とか、一級建築士とか、かなりメジャなものは別だ。それらは、取らなければ話にならない、というくらいの前提条件で、運転免許と同じレベルのものだからだ。この頃は、英語関係の資格も問題にする場合が増えた。もちろん、ないよりはあった方が優位ではある。

しかし、それ以外の細かい資格というのは、趣味のレベルであって、仕事にはそれほど影響しないと考えた方が良い。あっても損はない、というレベルだ。それよりも、そういうものを取得しようとした「前向きさ」を買われるかもしれない。

そもそも、就職をするまえに、とても大きな投資がある。それは「学業」だ。もしかしたら、本書を読む人の中には、まだ中学生や高校生がいるかもしれない。大学生であっても、すぐに就職というわけでもない。大学院があるからだ。つまり、なるべく早く仕事に就いて金を稼ぐのか、それとももう少し学業に専念するのか、という選択が就職の以前にある。後者が「投資」になることは言うまでもないだろう。

ちょっと言葉で飾ってしまった。「学業に専念する」なんて書いたが、特に日本の大学生でこれを言葉どおり実行している人は少数だろう。勉強をするのは主に高校生まで、つまり大学入試に合格するためだ。大学生になっても、法学部のように資格を取らなければならないところもあるし、就職試験のための勉強もあるし、もちろんどの分野にも専門の勉強がある。それでも、受験の頃のように必死になっている人は珍しい。だから、たとえば、大学院へ進学して学業を「続ける」のも、そんなモラトリアムの期間を延長する行為としてしか認識されていないかもしれない。

たとえそうであっても、もし経済的に許すならば、自分に投資する、すなわち学業に専念する（という振りをする）方を選ぶのが有利だ、と僕は考えている。

これは、やはりこの「学業に身を置く時間」というものの重みが、一生つき纏《まと》うからである。人生のどこかで、ほんの少しかもしれないが、たしかに利いてくる。学生時代というものは、あとになって「もっと学んでおくべきだった」と振り返ることはあっても、「早く辞めて働けば良かったな」とは思わない。そういう存在なのである。

これは、自分だけではなく、組織の中でも、また他者からの印象でも、少しずつ利いてくる。「そういえば、あの人は大学院出だったね」と思い出すように、いつまでも残る。けっして損にはならない。不利になることもない。働くのが遅れたことで損をした金額は、きっと取り戻せるだろう。

そもそも、そんなに急いで仕事をすることはない。同じ年の友人たちがさきに社会人になって、自分だけ学生の身分だと、なんとなく後ろめたいと感じるかもしれないが、これもまた第1章に書いた基本原則を思い出してもらいたい。べつに卑下《ひげ》することはない。働いているから偉いわけではないのだ。給料をもらうと、それだけで大人になったつもり、偉くなったつもりになってしまうだけである。

へたな資格を取るのに比べても、学業はずっと有利だ。今は大卒なんて当たり前、これからは大学院出であることが、「かつての大卒」と同じ有利さを持つだろう。今でもそういう職種は多い。今はそうでなくても、大学院での経験は絶対に無駄にはならない。高卒の人には、大学の価値がわからないのと同じように、大卒の人には、大学院の価値がわからない。

もちろん、大学も大学院も、いつだって入学できる。年齢制限はない。何歳になっても、「学生時代」を取り戻すことはできる。取り戻すというよりは、「買い戻す」だ。それは非常に高額だから、なかなか現実的には難しいだろう。今学生の人は、自分たちが高額な買いものをしていることを忘れないでほしい。

常に勉強する姿勢を持つこと

勉強に身を置く時間というのが、人間にとって最も価値がある投資だと思う。これは、たとえ就職してからも忘れてはいけない。自分の時間のうちある割合は、いつも勉強しよう。本を読むことが最も一般的な勉強だし、またそれ以外にも、新しいものに興味を向けて、なにか自分にとって役に立つものはないか、と探すこと。現在の仕事と無関係であっても良い。今すぐに役に立たなくても良い。なんとなく、今まで知らなかったこと、知っていても時間がなくて我慢していたこと、そういうことを少しずつ自分の中に取り入れる。これが「投資」である。

人生に前向きな人というか、意思の固いしっかりとした人になると、自分がなりたい職業がまず第一にあって、それに役に立つ別の仕事にさきに就く。その仕事で勉強したうえで、最後に目標の仕事を始める。僕の友人にもそういう人間が数人いる。若いときからそういう立派な方針を持っていた。きっと、誰か指導をした人がいるのだろう。でも、これはなかなかできることではない。素晴らしいと思う。最近では、あまりこのように考える若者はいないのではないか。

学業ではないけれど、自衛隊に二年間「勤めた」という人もいる。これは、ちょっと体力が要求される。経験者に聞くと、「ただで勉強ができる」し、その後の就職にも有利だし、「役に立った」と言う。これをした友人は三人だが、一人は女性である。「どうして自衛隊なんかに?」と最初は思った。所属している間は、「疲れた」「もう駄目」「辛い」というメールばかり送ってきたけれど、除隊したあとは、まったく別の仕事に就いて楽しそうにしている。

いつまで仕事を続けるのか

仕事を選ぶときに、どれくらいその仕事を続けるのか、というイメージを自分なりに持っているのが良いと思う。「とりあえず二年間やってみよう」というのと、「できれば長くそこにいたい」というのでは、おのずと心構えも違うし、また我慢の限界もまったく異なってくる。

かつては、日本で就職するとは、ずっと定年までその会社でお世話になる、というのが一般的な意味だった。けれど今は、たとえ自分がそのつもりでも、それまで会社が存続するかどうかの方が疑わしい。まあ、十年とか、せいぜいそれくらいを目処《めど》に考えた方が良いかもしれない。長く続けば儲けもの、というわけである。

仕事なんていつ辞めても良いのは基本的なことだけれど、しかし、辞めれば、また就職先を探さなければならない。一時的に失業するわけだから、金銭的なことはもちろんだが、それ以外にもけっこう面倒なことになる。時間も労力もかかるし、神経も使う。ストレスになることもまちがいない。新しい仕事を見つけて、新しい職場へ飛び込んでいくシチュエーション自体が楽しいという人も例外的にいるようだが、それはまた趣味的なレベルといえる。

常々思うのは、人間のタイプにはだいたい二種類あって、新しいことに馴染むのに時間がかかるけれど、じっくりと腰を据えて取り組むと、深く理解して成長するタイプと、新しいことに早く慣れて、すぐに戦力になるものの、厭きやすく、長続きせず、あまり成長しないタイプだ。前者は、長く同じ職場にいると力を発揮するし、後者は、仕事を転々としても、その場その場ですぐ役に立つ。同じ仕事の中にも、この二種類の戦力がそれぞれに必要だから、どちらが優れているというわけでもない。自分がどちらのタイプかわかるだろうか。案外、自分が認識しているのとは逆だったりするので、過去のことをよく振り返ってみよう。たとえば、学校のクラブなどをよく変わった方か。クラス替えがあった方が嬉しいか、などなど。

サラリィマン以外

さて、個人レベルの商売について少し書いておく。ここまで「就職」という言葉を使っていて、一般的には、主に給料をもらうような仕事に就くこと、つまり、「雇われる」こと、いわゆる会社勤め、サラリィマンというイメージがあったと思う。若い人の中には、仕事といえばこの範囲しか頭にないという人も多い。

しかし、人から給料をもらわない仕事も沢山ある。たとえば、農業がそうだし、個人でものを作って直接売るような職業も、決まった給料をもらっているわけではない。商売の多くは、自分で経営をすれば、いわゆる「自営」という職種になる。作家などは、なにかを経営しているわけでもないので、単に「自由業」などといったりする。

「人に使われる仕事ではない」といえば、聞こえは良いかもしれない。人によっては魅力的に映るだろう。しかし、どんな商売であっても、金を誰かから受け取らなければならないわけだから、その相手（つまり客）には頭を下げることになるし、これは「使われている」と同じ状況ともいえる。会社勤めとの差は、「あらかじめ賃金が定まっていない」という一点だけだと考えて良い。

賃金が定まっていないとは、最低はゼロ（あるいはマイナス）になる可能性があるということだ。また逆に、上限もないから、とんでもなく儲けられる可能性もある。僕は四十歳の手前で小説家になったのだが、予想外にこれが儲かった。「とんでもなく」といっても良い額だった。国家公務員の三十倍くらいの年収が十年以上も続いた。しかし、もちろんこんな幸運は滅多にあるものではない。

自営というのは、簡単にできるものではないだろう。だからこそ、今の若者の「就職」としては暗黙のうちに範囲外になっているといえる。難しい理由は、仕事を覚える必要があるし、元手はかかるからで、そういった条件が揃っていなければ、「やりたい」と思ってもすぐにできるものではない。たとえば、家業を継ぐというような特殊な場合が例外といえる。

どうしてもこれをやりたいときは、一旦は個人の商売の中に入って、そこで雇われるしかない。だから、最初は給料をもらうことになる。けっして高い賃金ではない。これも、やはり仕事を覚える研修期間だからだ。

「小さくても良いから自分の店を持ちたい」という夢を持っている人もいるかもしれない。すぐに実現したければ、店舗を借りて、そこでなにかを売ることになる。少し計算をしてみるとわかると思うが、ある程度の金がかかる。その分の収入が見込めるかどうか期待は薄い。よほどのことがないかぎり成功しないだろう。よほどのことというのは、目立つアイデアがあったり、優れた能力があったり、という意味だ。誠実であっても、また、いくら自分が好きな分野であっても無関係である。僕は、実家が自営業だったから、それをよく知っている。

次の章で書くつもりだが、時代的に、今は個人の商売が、特にこれまでの形のままでは、以前よりもはるかに難しくなっている。条件が悪すぎる。少なくとも、ただで使える場所がある、というくらいの好条件でなければ、別のチャンスを待った方が良いかもしれない。

「上手くいかない」のも仕事のうち

さて、どんなふうに仕事を選べば良いのか、ということを書いてきたが、もう一度大事なことを繰り返すと、まず「仕事というものをそんなに恐れなくても良い」ということ。たとえば、学校ではいろいろなジャンルを満遍《まんべん》なく学習するから、誰にだって自分の不得意な学科があるだろう。頭を使う学科は良いが体育が駄目だという人なら、体育の時間が来るのが嫌でしかたがない。また逆に、体育の時間だけは元気に楽しく過ごせるけれど、頭を使う学科になったら鳴りを潜めていたという人もいるだろう。こんな学校時代に比較すると、仕事は、いちおうは自分にそこそこ向いているジャンルを選べるはずだから、頭を使うのか躰を使うのか、といった大まかな選択が最初に行われている。したがって、そもそも学校のように、自分にはどうしてもできない、ということが少ないはずだ。

テストみたいにカンニングしてはいけない、ということも仕事ではまずない。百メートルを何秒で走れとか、この計算を一分間でしろとか、なにも見ずに覚えていることを答えろとか、そんなトライアル的な、あるいはゲーム的な難しさというものが仕事には基本的にない。そういうものを排除したシステムが、既に確立されているからだ。誰がやっても、だいたい上手くできるように手法が考えられている、といえる。

たとえば、新入社員になっていきなり営業に回らされ、ちっとも契約が取れない、という目に遭うかもしれないが、会社は、そのちっとも契約が取れない状態を、あらかじめ見越している。その確率を計算に入れて計画を立てている。だから、「上手くいかない」と新人は思い悩んでしまうけれど、それがむしろ普通だ。そうやって、「上手くいかない」という思いをさせる研修なのである。そこから出発すれば、「どうすれば上手くいくのか」と考えるし、また上手くいったときの達成感もある、という仕組みらしい。

とにかく、そんなに恐れたり、思い悩んだり、落ち込んだりするほどのものではない、と考えて良い。ただ、あっけらかんとしていると良い印象ではないので、思い悩んでいる振りくらいはしておこう。

周囲の言葉に惑わされない

それからもう一つ書いておきたいのは、どんな仕事でも、外から見ていてはわからない部分がある、ということ。当事者になって、初めて大変さがわかったり、また逆に、意外に簡単じゃないかと感じたりする。あるいは、「楽しいと思い込んでいたのに、ちっとも楽しくない」という場合も多い。自分で勝手にイメージしていたこともあるけれど、人から聞いた話を真に受けている、というケースが非常に多いせいだ。

先輩の経験談を聞くのは悪いことではないが、先輩と自分は違う。まったく同じ環境で仕事をするわけでもないし、もちろん人間のタイプも能力も感じ方も違う。それ以前に、人間というのは、本当のことを言わないものだ。楽しくても「忙しく大変」と顔をしかめる人もいれば、凄く辛いのに「やりがいがある」と人前では溌剌《はつらつ》として振る舞う人もいる。

僕が指導した学生で、企業に勤めたものの一年とか二年で辞めてしまった、という人が何人かいるが、彼らに共通しているのは、事前に「仕事が辛くて大変です」とは言わなかったということ。逆に、そういう愚痴を零《こぼ》す人は辞めない。どちらかというと、最初のうちは仕事が楽しいとか、面白いという話をする人の方が、あるときあっさりと辞職してしまうのだ。

変な話だが、離婚でもこの傾向がある。配偶者のことを自慢したり、褒めたり、こんな楽しいことがあった、と惚気《のろけ》話をする人の方が離婚してしまう。逆に、愚痴を零す人の方が離婚しない。

どうしてこういうふうになるのか。人間というのは、やっぱり機械のように単純ではないということだろう。おそらく、良い話をする人は、「そうなれば良い」というふうに自分に言い聞かせている面がある。不満はあっても、良いところを見よう、楽しいことを考えようとしているのだ。それでもついに我慢ができなくなってしまうから、辞めることになる。逆に、けっこう現状に満足している人は、悪いことに目を向ける余裕がある。また、悪い話を人に聞かせても、自分の立場が揺らがないという自信もある。そういうことなのではないか、と僕なりに分析しているのだが……。

いずれにしても、このような表裏で逆の傾向にある他者の言葉を真に受けていると、肩すかしを食わされたり、騙されたなんて感じたりしてしまうことになる。

自分にとっての成功はどこにあるか

転職というのは、悪いことではない。かつては、非常にハンディがあった。会社を一度辞めると、「また辞めるかもしれない信頼できない人間だ」というふうに見られる傾向があった。日本ならではの見方である。しかし、今ではそうではない。あっさりと仕事を辞める人が増えた。もっと良い働き場所を見つけることも比較的簡単になった。情報公開が進み、ネットなどでいろいろなことを知ることができるという環境もあるし、もっと言えば、ゆとりや豊かさが根底にある。両親もまだ健在だし、仕事を辞めても、すぐに生活できなくなるわけでもないからだ。

ストレスを溜めるくらいなら、あっさりと辞めてしまい、少しの間仕事をせず、ゆっくりと考えることも悪くないと思う。ぶらぶらと世間を眺めて生きるのも、普通はなかなかできない経験で面白いだろう。なにしろ、子供のときからずっと、そんな立場になったことはないはずだ。いつも、スケジュールとノルマに追われる生活だっただろう。だから、のんびり時間を過ごすのも良いと思う。ただ、あまりこれが長くなると、それこそ生活に困ることになる。

質素な生活ができる人は、ときどき適当に働いて、のんびり生きれば良い。贅沢な生活がしたい人は、ばりばり頑張って働いて、どんどん稼げば良い。いずれが偉いわけでもなく、片方が勝者で、もう一方は敗者というわけではない。

人それぞれに生き方が違う。自分の道というものがあるはずだ。道というからには、その先に目的地がある。目標のようなものだ。まずは、それをよく考えて、自分にとっての目標を持つことだ。

「成功したい」と考えるまえに、「自分にとってどうなることが成功なのか」を見極める方が重要である。

【第3章】
これからの仕事

客観的に世間を観察する

今の仕事というものは、昔のそれに比べてどう変わったか、また、これから仕事はどんなふうになっていくだろう、といったことを少し考えてみたい。過去のことについては、僕なりの解釈だし、また未来については全面的に僕の予測である。詳しい調査をしたわけでもなく、そもそも僕はそんな専門家でもない。だから、具体的なことは書けない。あくまでも抽象的に、社会を望観したものである。

僕は、これからこうなるのではないか、ということを早く（しかも極端に）言いすぎる傾向がある。二十年くらいまえに、「もうテレビを誰も見なくなる」とか、「新聞は売れなくなる」とか、自動車メーカも家電メーカも「日本の企業はじり貧になる」と話したり書いたりした。それらは、韓国や中国の動向からわかったことだ。勢いというものを感じた（正直、今はそれほど感じない）。

テレビは、内容が自分には面白くないし、どうしてこんなものを大勢が見るのか、と不思議だった。新聞だって、情報が偏っている。どちらも、みんなが見ているから宣伝効果が見込めた。しかし、これからはネットの時代になる。そのうち宣伝が取れなくなるはずだ。そういったことを、十五年くらいまえにマスコミ関係の人に話したら、「いやあ、そうはなりませんよ。日本人はテレビが好きですからね」「新聞の販売数は増加しているんですよ」と笑って、相手にしてもらえなかった。これからは、韓国や中国の企業に日本は抜かれると話しても、「日本の技術水準がどれくらい高いか知らないのか」と怒られた。

また、やはり二十年くらいまえに、アップルという企業は凄いと思った。しかし、当時はそんなことを言うのは超マイナな人間だけで、みんな「アップルなんか風前の灯火《ともしび》じゃないか」「使っているのは、オタクなファンだけ」「やっぱりパソコンはＮＥＣだよ」と豪語していた。近いところでは、iPhoneが出たとき、僕はすぐに買ったのだけれど、そのとき周囲では「あのタッチパネルは駄目だよ、日本人は指でキィを押すのが好きなんです」なんて否定された。

どうしてそういうものの見方をするのかな、と考えれば、簡単である。「どうなるのか」を見ている人は少なくて、みんな、「こうであってほしい」「こうなってほしい」という見方をしているのだ。新しいものに対しても、「いや、そんなものが台頭《たいとう》してもらっては困る」というふうに見る。これは、「私たち仲良しなんです」と自慢する夫婦がけっこう離婚しやすいのに類似している。

ほとんどの情報は正しくない

それはともかくとして、情報というのは真に受けない方が身のためである。なにしろ、情報を流しているのはほとんどがマスコミだし、またそれ以外の発信源のものも、結局は自分たちの立場を維持したいという力学に基づいて、情報を作るからだ。

したがって、今現在のニュースに注目していても、現実というものは摑めない。それよりも、ずっと遠くの世界のどこかに目を向けてみよう。日本から遠く離れている国のものを調べてみよう。自分で発見するのである。おや、こんな面白いものがあるじゃないか。どうして日本にはないのか。そう考えると、日本の今の状態がかえって鮮明に見えてくるものだ。

これは、他者をよく観察して、珍しいことをする人、変な考え方をする人に興味を持つと、翻《ひるがえ》って「では自分はどうしてそれを珍しい、変な考えだと感じるのか」というように、自分の思考の基準というものが見えてくるのに似ている。ものごとの見方というのは、つまりそういうことなのだ。

「現代を見ろ」「周囲を把握しろ」「空気を読め」というまっしぐらの視線では見誤るばかりだし、当然ながら、隠れている本質は見えない。仕事をしていると特に、「現在」というものを正しく把握する必要がある。これから仕事を選ぼうという人も、与えられた情報を鵜呑みにせず、もう少し世の中の流れを、高いところからぼんやりと眺めてもらいたい。

社会の大きな流れ

まず、ずっと高いところから俯瞰《ふかん》すると、大きな流れとして、人間の仕事量というものは減っている。「それでは困る」という問題ではない。全然困らない。どうしてかというと、これは人類が望んだことだからだ。

昔は、人間の仕事が沢山あった。「労働」と呼ぶのに相応《ふさわ》しいものが非常に多かった。中でも、肉体労働の割合が圧倒的に多い。一部の特権階級が、この労働力を操って、自分たちの富を築いていた。いわゆる「奴隷」である。仕事とは認識されていなかったかもしれない。やらなければならないことが既に決まっていて、それをするために生まれてきた、そのために生かされている（やらなければ殺される）、というレベルだっただろう。今から考えれば不幸なことだが、個人の自由なんて概念さえなかったのだ。

けれども、それが最良だとは人間は考えなかった。そこに救いがある。知恵を絞って、いろいろなものを発明し、開発した。わかりやすいものでは、産業革命を支えた「機械的動力」がある。人や動物の力を酷使しなくても、仕事ができるようになった。これによって、大勢の人間が辛い労働から解放された。

その後も、どんどん暮らしは豊かになり、作業は楽になった。化石燃料を大量に燃やしているという問題はあるものの、とにかく、人間の仕事は大きく様変わりした。また、工業生産することによって、みんなが利用できる便利な製品が世の中に出回った。どんどん性能が上がり、しかも安くなっている。誰でも、自動車に乗って、鉄道に乗って、飛行機にも乗れる時代になった。

医療技術も発展したし、衛生面でも改善されたから、人口も爆発的に増加した。その増加に対応して、農業生産では化学肥料を使い、もう工業といって良いレベルに至っている。化学肥料の製造にはエネルギィが必要だから、やはり化石燃料を燃やして、農作物を作っているようなものだ。

仕事は減って当たり前

たとえば、人口が一定だとしよう。みんなが食べていくためには、それ相応の畑を開《かい》墾《こん》しなければならない。だから、最初は労働が必要だ。けれど、一旦畑ができてしまうと、その後はその労働はしなくても良い。トラクタを作らないといけないから、そちらの仕事へ回る人もいるけれど、それも完成してしまえば、もう作らなくても良い。こうなると、それほど仕事をしなくても、みんなが食べていける世の中になる。この理屈がわかるだろうか。

ようするに、仕事というものは、常に必要ではない。最初にだけ大勢が関わる必要があっても、そのうちに必要なくなる。鉄道だって、どんどん作っているうちに、もう線路を敷くところはなくなる。あとは、それを維持することが仕事になるけれど、最初に建設する仕事に比べれば、維持に必要な労働力は格段に少ない。

飛行機は離陸するときに大量の燃料を使う。高いところまで上がったら、あとは水平飛行をするだけで、このときには燃料をあまり消費しない。これと同じ理屈だ。

したがって、長く続く業種というものは、基本的にないといっても良いかもしれない。既に水平飛行に至っている業界であれば、今の人数がずっと必要だが、上昇しているものは、いずれ大多数の労働力が不要になる。

定常に達した社会では

さて、自分が生きている今の社会をじっくりと観察してみよう。現在上昇しているものは、どんな仕事だろうか。また、既に定常になっていると思われる仕事には、何があるだろう。

たとえば、建設産業などは、日本という国が立ち上がる時代には、沢山の需要があった。そのときには大儲けができたし、その儲けに集まってくるから、企業の数も増加しただろう。しかし、道路もだいたい整備され、ダムももう造る場所がない。新しく橋を架けるようなところもあまりない。そうなると、今あるものを補修したり改善したりといった「維持」をする仕事に移行するしかない。こんなことは三十年くらいまえに、もう誰もが気づいていたことだった。

ところが、新しいものを作る仕事の方が、今あるものを維持する仕事よりも、簡単だし儲けが大きい。それに、新しいものを作る方が面白いし、気持ちも良い。デザイナも活躍できる。世間の人も、新しいものができると喜ぶ。今あるものを直す工事をしても、誰も喜ばない。迷惑がられるだけなのだ。

建築でいえば、山を切り開いて住宅地にして、沢山家を建てて売り出すのが一番儲かる。古い家を建て直すよりも単純な作業で利潤が大きい。古い家を修繕するなんてことは、難しいし面倒なだけで儲からない。そう考えるから、今でもまだ宅地を開発しようとしているのだ。

しかし、新しいものを作るばかりでは、無駄が大きくなる。環境破壊にもなる。人間の数が増えていないのに、そんなに新しいものを次々に作る必要はない、と世間が気づいたら、いずれ制限されるだろうし、そこまでいかなくても、自然に売れなくなって、利益率が下がり、仕事にならなくなる。

最新技術を応用したハイテク（この言葉が既に古いが）製品も、どこかで頭打ちになる。パソコンもデジカメも携帯端末も、あるところで「もうこれで充分だよ」というレベルに達する。性能が良いものが売れるとしても、性能の良いものほど長く使える。だから、一度売ったらそのあとは売れなくなる。すると、今度は「安い」という性能へ競争が移る。これも、どんどん儲からない方向だ。仕事の需要としては減少しているのと同じである。

社会が成熟し、定常に達すると、仕事の量は減るのがものの道理なのだ。

そんなことはない、人手不足の分野があるじゃないか、と言う人もいるだろう。そのとおり、新たな仕事も生まれてはいる。それは、主に人間を相手にするもので、たとえば、医療や介護などが挙げられる。これらは、昔はなかったものだ。手立てがなかったり、家族で面倒を見たりしていた。そういうものも、金を出してやってもらうことになった。

また、娯楽関係の分野も、昔はなかった。人が遊ぶために世話をする、という仕事である。芸術関係の分野も、これに含められるかもしれない。

着るもの、食べるもの、住むところに関する、いわゆる衣食住以外の業種の割合が増えている、というのが一般的な傾向だろう。豊かになってくるほど、衣食住以外のものに金を使う割合が増え、それに応じた仕事が成り立つようになる。

エネルギィの問題がある

遊びに関係する仕事が増えて、需要と供給のバランスが保たれていても、多くのものはエネルギィを消費する。たとえば、海外旅行であれば、飛行機の燃料を大量に燃やすことになる。どんな製品でも、作るためにはエネルギィが必要だ。最近、少しずつだけれど、この認識が社会に浸透し、「金があるなら使えば良い、需要があるなら仕事を増やせ」というばかりではいけない、と考える人が増えつつある。つまり、娯楽産業にも、いずれはこの問題がのしかかるだろう。そうなると、衣食住に関するものよりも制限は厳しくなるはずだ。

思い出してもらいたい。今のこの社会は、大量のエネルギィに支えられている。人間が辛い労働から解放されたのもそのおかげだし、異常なまでに増えた世界の人口を許容しているのも、エネルギィを使って作物を穫っているからだ。しかも、そのエネルギィの元となる資源は無限にあるわけではない。二酸化炭素の問題や、放射能漏れの事故もあって、使えばそれだけリスクは大きくなる。エネルギィ問題の解決には、なによりも人口の増加を抑制することが大切である。

生き残る仕事、消える仕事

そんな不安を抱えた社会で普及したのが、インターネットだ。ここ二十年くらいのことである。産業革命に匹敵する大革命といえるだろう。個人レベルで世界中がつながる、しかもほとんど無料で使えるという素晴らしさである。

このネットの普及によって、人間の社会は大きく変わろうとしている。もう変わったものも多いけれど、まだしばらくは過去の習慣から抜け出せない。人間は一度覚えたことに縋《すが》り、一度取り入れた手法に拘る。だから、大きな変化に関しては世代が変わるのを待つことになるだろう。具体的には四半世紀（二十五年）くらい。つまり、本当に変わるのはまさにこれからだと予想される。

幾つか具体例を挙げていこう。まず、従来型のマスコミが最もダメージを受けるだろう。それはもう誰の目にも明らかで、新聞社やテレビ局は大きく傾くはずだ。既得権によってこれまで充分に稼いだのだから、あとは引き際をどうするのか、という問題に直面している。同じようなもので、出版関係もかなり危ない。残るのは半分以下になるだろう。ようするに、「メディア」と呼ばれているものの大半がリセットされる、ということだと思う。「すべて不要になる」とまではいかないものの、レコード盤のようにほとんど消えてしまうものもあるはず。いつの時代にも維持をするための仕事だけが僅かに残る。メインテナンスである。

一方、コンテンツを作り出す仕事は滅びることはない。新聞もテレビも、危ないのは新聞社とかテレビ局というハードであって、ジャーナリズムとか、エンタテインメントを創造するソフト面では、まだまだ生き延びられる。これからは、メディアではなくコンテンツの時代だと思ってまちがいない。

これは、製造業と消費者が直接ネットで結びつくことにも通じる。商品を右から仕入れて左へ売るという「店」というハードが、どんどん不要になるだろう。

マイナ指向になる

さらに、ネットで個人どうしが直接結びつくようになったことから、仕事はメジャからマイナにシフトする。大勢を一度に相手にして、商品を大量生産して儲けるという方向性は既に過去のものだ。少数の細かい需要を拾い集める、という商売の形になる。

マイナの方がむしろ儲かるというのは、ずいぶん以前からの現象で、もう二十年以上になるのではないか。ガンダムなんてオタクものが、既に長くメジャなおもちゃ会社を支える稼ぎ頭だったりするし、日本で一番若者を大勢集めるイベントは、ロックのライブでもない、スポーツでもない、もう何十年も続いている同人誌即売会だ。テレビや新聞で多く報道されているものが、世間で人気を集めているのではない。いつの間にか逆転してしまったのだ。

つい先日、レコードがまた売れる兆しを見せている、というニュースをやっていた。ビートルズなどの復刻盤が出たこともあり、また、オーディオマニアにもアナログの人気は高い。真空管《しんくうかん》アンプでレコードを聴く、というマイナな趣味が流行っている。しかし、多くなったとはいえ、二〇一二年のレコード全売上げ枚数は数十万枚だという。これって、森博嗣の本の方が多いじゃないか、と思った。まさにメジャとマイナが逆転しているのだ。

ベストセラなんて、もう出ても数十万部だし、CDだって数万枚でトップテンに入ったりする。この「オタクでマニアックなものの方がメジャだ」という代表はAKBなんとかだろうか。最初に、そのマイナの価値に気づいた人は儲けたけれど、すぐに似たものが出てくるし、売れればマイナ感が失われて、一番の特徴がなくなってしまう。マイナなイメージを維持したまま売れ続けることは、案外難しい。

出版社では、十年以上まえに雑誌のブームがあった。コマーシャルばかりカラーで載せている分厚い本がどんどん創刊され、雑誌のバブルのようだった。雑誌というマイナなメディアに広告関係が目を向けた結果だ。その次は、オマケを付けるのが流行った。これもいかにもマイナなやり方である。ようやくこの頃、潔くマイナなものにターゲットを絞った内容の雑誌が出始めた。

スペシャル指向になる

出版社の人には、だいぶまえから、「日本の雑誌は全部ジェネラルすぎる。もっとスペシャルな雑誌を作らないと駄目でしょう」と話していた。

僕は、鉄道模型が好きだけれど、日本の鉄道模型の雑誌はどれもジェネラルで面白くない。鉄道模型ってマイナじゃないの、と思うかもしれないが、人口はかなり多い。雑誌が四種類も出ている（鉄道模型ではなく、鉄道ならばさらに多い）。でも、僕から見ると、鉄道模型というメジャな雑誌ばかりなのだ。

外国のマガジンはもっとマイナで、庭で鉄道模型を楽しむ雑誌とか、庭で蒸気機関車を走らせる雑誌とか、小さなスケールに限った蒸気機関車だけの雑誌とか、工業用の小さな機関車だけの雑誌とか、そこまで細かく分野を特化したものが沢山出ている。薄いわりに高いけれど、それでも自分の趣味にぴったりだから、無駄なくどのページも面白い。しかも、気に入るとバックナンバーを三十年くらい遡って買ってしまう。そう、そのくらい歴史があるということだ。模型の雑誌でも、海外で探したら、百年以上歴史がある雑誌は珍しくない。日本の『鉄道模型趣味』も終戦直後からだ。（僕にはメジャに思えるけれど）マイナなものは、時代に左右されず、文字どおり根強い。

仕事でも同じことがいえる。スペシャリストとジェネラリストが、どんな分野にも必要だが、どちらかというと、スペシャリストの方が長く必要とされる。でも、そのマイナな仕事がなくなってしまう場合もある。そうなると潰しが利かない。たとえば、和文タイプとか写植の仕事をしていた人は、ワープロの普及で需要が消えてしまった。

文系に比べると理系はスペシャリストか、というとそうでもない。大学で習うことは基本的な範囲だけだから、たとえば建築学科を卒業しても、自分の力で建物がすべて造れるわけではない。建築というのは、沢山のスペシャリストを使う総合的な仕事で、建築業界の中では、建築士というのはジェネラリストになる。これは、どの分野でも同じで、ジェネラルかスペシャルかというのは相対的な評価でしかない。ただ、スペシャルなものからスタートしてだんだんジェネラルになっていく人と、逆に、ジェネラルな仕事から入って、なにかスペシャルなものに入り込んでいく人がいる。

スペシャリストの強み

「手に職がある」という表現を聞いたことがあるだろう。「手に職があると有利だ」と言われている。これは、スペシャルな知識や技術を持っているという意味だが、同時に「マイナ」だといっても良い。メジャでスペシャルなものはない。メジャではスペシャルにならないからだ。たとえば、運転免許など持っていても、日本では全然スペシャリストではない。

ジェネラルな仕事は、その組織の中で他の部署へ移されたり、頻繁に転勤があったりする。そうやって、ジェネラルな経験をさせる、という意味もある。日本人は、変な平等意識のようなものに囚われているから、特別な立場に誰かを長く立たせることを避け、できるかぎりシェアしようとする。長く同じ部署にいると、馴れ合いも生じるし、不正も発覚しにくいので、交替させるメリットはある。しかし、そもそもそうやって人が入れ替えられるというのが、非常にジェネラルだということ。

ジェネラルな職種は、このように人の交換ができる。ということは、リストラされやすいという意味になる。そのかわり、他の会社でもすぐに働けるかもしれない。ある程度大きな会社になると、トップに上るのはジェネラリストが多い。全体を把握していることが要求されるからだろうか。

スペシャリストは、その部署にとって、なくてはならない人材だから、その仕事があるかぎり、リストラされる心配はない。問題は、その人の跡継ぎを育成しなければならないことで、企業にとってはこれが頭の痛い問題になる。だから、誰にでもできるようにマニュアル化しようとして、コンピュータを使ってデジタル化する。そうやって、スペシャルなものをテクノロジィで補おうとするのが最近の傾向で、これはやはり人間の仕事を減らす方向になる。それでも、マニュアル化できないよりマイナなものがあって、やはりスペシャルな人間というのは必要だろう。いなければ、誰かがスペシャリストになるしかない。

マイナをまとめるプラットホーム

大まかにいえば、人間の仕事というのは、だんだんスペシャルになっていくのではないか、と僕は思う。ジェネラルなものは、マニュアル化するし、デジタル化の対象になりやすいからだ。さきほどと逆のことを書いているように思われるかもしれないが、こういうことである。

つまり、ある組織の中では、スペシャルなものをデジタル化しようとする。それがスペシャリストの仕事になる。また、デジタル化を売り込もうとするようなビジネス（たとえばソフト開発など）では、ある程度メジャなものをさきにターゲットにするだろう。そうでないと効率が悪い。これが、ジェネラルなものがデジタル化の対象となる、という理由だ。

商売は、平均的にはマイナへ向かう。細かい仕事を取りにいく仕事になる。しかし、このマイナなものをまとめるプラットホームは必要だ。そういう意味ではジェネラルなシステムを開発することも、今後の方向性の一つとなる。ただ、プラットホームは沢山は必要ない。極端な話、一つあれば充分だともいえる。

例を挙げて説明しよう。個人の商売はどんどんマイナになる。たとえば、今までの酒屋はいろいろな酒を揃えていないと商売にならなかったが、これからはある特殊な酒だけを売った方が良く、ほかの店にはないオリジナルなものに特化する。そのかわり、世界中を相手にして、その特別なものを売るようになる。

一方、それらを取りまとめるネットの売り場では、いろいろな酒はもちろん、もっと別の商品も取り揃える必要がある。今でいえば、ヤフーとかアマゾンが近いイメージだ。買う方にしてみれば、酒屋とか食料品店とかホームセンタとか書店とか家電品店とか、そういうジャンルはどうだって良い。店が別々だったのは、場所の制限があったし、専門分野というものがあったからだ。

これからは、店は一つあれば良い。そこで何でもすべて買えるのが理想だ。それがネット販売の常識になる。つまり、この店がすることは、手続きをすること、取引の信頼を保障することだけだ。あとは、スペシャルでマイナな個々の商売をいかに選択して統合するか、というシステムの問題になる。

今はまだ、ヤフーとかアマゾンとかが別々にあるわけだが、消費者にとっては、どっちだって良い話なのだ。窓口は一つあればそれで充分。違うだろうか?

これからのライフスタイル

通信販売というものは、ずいぶん昔から存在したけれど、届くのに時間がかかるうえ、送料も余計にかかる。また、送ってきた品物が違うとか、不具合があるとか、どうしてもトラブルが増える。手に取って確かめられないから信用できない、という人は今でも多いだろう。

僕は、最近とても不便なところへ引っ越したけれど、買い物は世界中からしている。どこからでもあっという間に届く（インドなどは比較的遅いが）。近頃は、日本の国内なら送料無料というのも当たり前になったみたいだ。どうしてそんなことができるのか、と考えたが、つまり、運送会社というのは、一つの荷物を運んでも十個の荷物を運んでも、あまり労力は変わらないから、荷物が増えれば増えるほど効率が高くなるということだろう。

一般の人は、家から出かけないで、物品だけを運送業者が運ぶという方が効率が良い。

店に出向くよりも、ネットで注文した方が楽だし、欲しいものがすぐ見つかる。

ということは、いくら品揃えを売り物にして巨大な店を構えていても、ネット販売にはかなわないということだ。なにしろ、ネットの店の方がはるかに品切れが少ない。ほとんどのものは翌日に届くから、一日さきのことを考えられる人なら利用できる。したがって、どの業種でも、大型店はどんどん不要になるだろう。将来的にはきっとそうなる。

ちなみに、田舎に住んでいると、どうしても自動車が必要だけれど、これだけなんでもネットで買えるようになれば、その自動車もいらないのではないか、と思えてくる。どうしても必要なときだけ、レンタカーをネットで注文して、自宅の前まで届けてもらえば良い。

僕はまだ自分で車を運転しているけれど、年寄りになるとかなり危ない。早めに運転を諦めた方が安全だ。都会の人は、鉄道があるから便利にどこへでも行けるけれど、あれも、歩く距離は相当なもので、やはり年寄りには難しい。ネットというのは年寄りのためにあるといっても良いだろう。

高齢化と省エネの観点から

高齢化が進んだこともあって、この頃は、年寄り相手の商売が多くなった。年寄りは金を持っているし、時間も持て余しているから、いろいろ買わせることができる、と考えてのことだろう。

仕事をする年寄りも多い。昔よりも高い年齢で働ける人が増えた。若者の仕事を奪っているのではないか、という指摘もある。しかし、若者が働いて、年寄りは休んでいた方が良い、という理屈もないわけで、働ける人が働けば良い、というだけのことだと僕は思う。年齢制限のある求人をよく見かけるが、あれは差別にならないのだろうか。規制されているはずだが。

省エネルギィの観点からいえば、人口の増加を抑制し、できるだけ都心部に集まっている方が効率が高い。子供をどんどん増やそうという希望も、また、田舎で悠々自適に暮らすという指向も、いずれも贅沢なものと考えた方が良い。

また、沢山の音楽を聴き、映画を毎日見て、本もどんどん読むといった趣味は省エネだが、飛行機に乗って海外へ旅行にいくのは贅沢だろう。エネルギィの観点から見ると、今の値段は安すぎる。したがって、そういった贅沢には税金を沢山かける世の中にやがてなると思われる。今そうならないのは、その贅沢を仕事にしている人たちがいるためだが、こういった贅沢趣味の斡旋《あっせん》のようなビジネスは、ネット社会では一律化され、個々のものは淘汰され、少なくとも表からは見えなくなるだろう。

過去のスタイルから卒業しよう

趣味も生活も、どんどん個別化し、多様化して、みんなが同じことをしなくなる。それが未来の基本だ。趣味や生活だけではない、しだいに思想や価値観もバラエティに富んだものになっていくはずだ。

ある年齢になったら結婚をして、家族を持って、子供を育て、親の面倒を見て、というようなこれまでのライフスタイルは、いつまでもメジャではありえない。

結婚しないと寂しい、という概念を植えつけようとするのは、結婚をすることで儲かる業界があるからだ。子供が減れば、商売が傾く業界もある。家族旅行をしてほしい業種も沢山ある。そういうところが、結婚しないと寂しいね、というキャッチコピィを世の中に広めている。知らず知らず、それらに支配されている人が多い。馬鹿馬鹿しいことだと思ってまちがいない。結婚したい相手がいるなら話は別だが、今目の前にそういう人がいないのに、なぜ寂しがらねばならないのか?

仕事についても同じで、無意識のうちに過去のライフスタイルに縛られている。大学を卒業したらみんなが一斉に新入社員になって、似たような新しいスーツを買うことに決まっているなんて、やっぱりかなり変だ。だいたい、あのスーツというのは何なのか? どうして全員があんなものを着なければならないのだろう。この頃、だいぶ自由になってきた。もちろん、スーツが大好きだという人は着れば良い。そうじゃない人まで着る必要がどこにあるのか、という話である。

常識と思われることが、いつまでも常識とは限らない。たとえば、一人の人間が一つしか仕事をしない、というのも不思議な話である。みんな、それが当たり前のように考えている。別に二つ、三つと仕事をしても良い。時間的にシェアが必要になるだけである。二つの仕事を持っていると、どちらかが駄目になったときに被害が少ない。このように、トラブルを見越してリスクを分散させる考え方は、あらゆる分野で常識だ。ただし、結婚は、そんなわけにはいかないかもしれない。

宣伝するのは売れないから

この不況の世の中になると、仕事がないことを商売のネタにする業種が増えてくる。どういうものかというと、割の良い仕事を斡旋するとか、こんな儲かる仕事があるから教材を買ってみないか、といった類である。多少良心的なものになると、資格を取らせるとか、あるいは研修会などを開催しようとする。

商売というのは、破格に儲かるものと儲からないものがあるように見えるが、それは一時的なアンバランスにすぎない。儲かるものには人が集まって、やがてそれほど儲からなくなる。もうこの商売では儲からないとわかると、今まで儲かっていたことを宣伝して、その商売自体を売ろうと考える。本当に儲かる商売ならば、ノウハウを公開したり、人を集めて指導したりしない。教えないこと、知られないことが、儲かる状態を続ける最善の策だからだ。したがって、この種の宣伝に踊らされないように気をつけた方が良いだろう。

既に流行っているもの、広く人気があるものは、これからそこでビジネスをしてはいけないサインといえる。簡単な原則である。

商品が売れて売れて困る、生産が追いつかないほどだ、というときには宣伝などしない。宣伝費を使う必要がない。そういうときには、次の商品を開発することに専念した方が得策だろう。もし商品の売れ行きが落ちてきて、品物が余っている状態ならば、これは宣伝をする価値がある。値段を下げることも効果がある。したがって、「最近よくこの宣伝を見るね」というものは、「売れていないのだな」と受け取ればまずまちがいない。

どこかの観光地で村起こしのイベントがある、とニュースで伝えられていれば、その観光地がじり貧だということである。客が押し掛ける人気スポットだったら、そんなニュースは流れてこない。

マスコミが伝える情報は、ほとんど（たぶん九十五パーセント以上）が宣伝である。宣伝というのは、事実ではない。売り主がこうあってほしいと考える「願い」を伝えて、客を呼ぼうとしているのだ。

広告という商売の今後

ところで、この「広告」という商売も、もうこれからは縮小されるはずだ。これまで、あまりにも儲けすぎた。「宣伝に金をかければ売れる」という幻想を作って広めていたのだが、少しずつ、「宣伝してもさほど売れないじゃないか」ということがわかってきた。ネットを使えば、個人でもかなりの宣伝ができるようにもなった。個人の商売であれば、それほど大勢を相手にする必要もない。今までだったら、店の前を通りかかった人にしか知ってもらえなかったものが、今は、探している人の方からアプローチしてくる時代である。

テレビや新聞の宣伝効果はみるみる下がっている。その宣伝をたまたま見た人も、「見た」というだけで、「買おう」とは思わない。「知ってもらうことが大事だ」「まずは名前を覚えてもらう」という選挙活動みたいな考え方はもう古いだろう（政治家も、あの名前を連呼する宣伝カーを早くやめた方が良い。明らかに逆効果だ）。

都会には、このようなマスコミ、広告産業に関わる仕事の人が大勢いる。東京などは特に多く、他の都市より比率が格段に高いように感じる。デザイナ関係でも、細かい業種が無数にある。業種があるから仕事を作らなければならない、という変な道理を言う人もいるけれど、大きな流れとしては減っていっても良い職種だろう。新しいことを取り入れて一時的にライバルに勝っても、いずれは自分も縮小せざるをえなくなるはずだ。

広告のハードというか、メディアがこうなるという話である。広告の中でも、コンテンツを作る仕事は残るだろう。ようするに創造的な作業は、いつまでも機械化が難しく、人間によるスペシャルな仕事として、将来も存続する。もうこういった仕事しか残らないのではないか、というのが未来のイメージである。

狭い範囲で選ぼうとしていないか

さて、これからの仕事について、思いつくことを書いてきた。メジャよりもマイナへ。ジェネラルよりもスペシャルへ。メディアからコンテンツへ、開発から維持へ、そして、ネットワーク革命の影響といったものが、主な話題だった。

こういったことを考えて職を選べ、というのは、たぶん無理な話だ。たとえば、大学を受けるときに文系を選択した人は、なかなか「もの作り」の仕事に就けない。べつに数学や物理がそんなに得意ではなくても、いわゆる理系の仕事のほとんどは誰でもできるものだ。それが、たまたま高校生のときの得意、不得意で将来性を狭めてしまうのだから、今の日本の教育システムは、非常に問題だと僕は感じる。

きっと、「自分ができる」仕事というものを、多くの若者がもの凄く狭い範囲でしか見ていないだろう。それに加えて、「自分が好きになれそうな」仕事とか、「みんなが憧れそうな」仕事とか、「やりがいが見つけられそうな」仕事とか、気の遠くなるような遠い幻を追っているように見える。足許を見ず、望遠鏡を覗いて遠くばかり見ているから、オアシスだと思って喜んで行き着いても、その場に立つと周囲と同じ砂漠だったりするのである。

「それではなかなか見つからないよね」という同情の言葉しかなくなってしまう。問題がどこにあるのか。それは、見ているところ、探しているところが狭すぎるのだ。この部分だけでも、ときどき思い出してほしい。

そして、どんな仕事に就いても、社会はこれからどうなっていくのか、という意識を持っていることがとても大切だ。望遠鏡を向けるべきは、その方向である。未来のことを見ない人は、けっして成功しない。これくらいならば、断言できる。

［第4章］

仕事の悩みや不安に答える

理想と現実のギャップ

「仕事が大変だ」というのは、仕事をしているなかで数々の問題に直面するからである。この問題のうち、「技術的な難しさ」といえる部類のものであれば、「なんとかチャレンジしてみよう」と前向きになれる。この問題自体が仕事のうちだからだ。こういった悩みは「辛い」ものではない。そうではなく、問題の多くは、もっと別のところにある。はっきり言って、仕事の目標とは無関係な周辺の環境に問題があって、「仕事に集中できない」と悩むのである。

この問題が大きくなると、「もらっている賃金は、この苦労（あるいは苦痛）に見合うものか」という判断へ最終的に帰結する。もちろん、それほど単純ではなかったり、そこまで悩ましいわけでもないというレベルのものがほとんどだが、どうしても問題を乗り越えられない場合には、それを考えることになるだろう。

ところが、「仕事は楽しいものだ」「仕事を好きにならなくてはいけない」という幻想を持っていると、ちょっとした些細なことが気になって、「なんとかしなければ気持ちが悪い」と悩んでしまう。僕が、相談を受けるものの多くは、これだった。

　つまり、苦労と賃金を比較するというよりは、理想と現実を比較しているのである。さらに分析すると、その理想というのは、勝手に妄想していたものだし、また、現実というのも、よく観察された結果ではなく、勝手に思い込んでいるものにすぎない。これでは、妄想と思い込みのギャップで悩んでいるようなものだ。夢と勘違いを比較しているのと同じだといえる。

　まずは落ち着いて、自分が抱いている理想に無理はないか考え、少しくらい妥協するとか、予定をさきへ延ばすとか、計画をし直してみてはどうか、とアドバイスする。理想と現実のギャップに悩むまえに、まずは前者の「理想」について、再考するべきだからだ。また、後者の「現実」に関しても、どうしてそこまで悪く物事を捉えてしまうのか、なにか根拠があるのか、と尋ねることにしている。たいていの場合、非常に心配性で、ちょっとしたことで「自分は嫌われている」とか、「このままでは将来が心配だ」というような言葉が漏れてくるからだ。

すぐに仕事を辞めてしまう人

相談に来る人はまだ軽度だといえる。そうではなく、あっさりと辞職をしてしまってから、「先生、新しい仕事を紹介して下さい」とやってくる人が意外にいる。これは、ちょっと困る。なにしろ、どうしてまえの仕事を辞めたの、と尋ねても明確な理由がなかなか説明できない。それがわからないと、こちらも新しい仕事を紹介しにくい。同じように辞めてしまうかもしれないからだ。仕事を紹介するというのは、企業の人との信頼関係もあるわけで、こちらは「この人を是非」と紹介したのだから、その当人が辞めてしまうと、向こうにしたら「ハズレ」を摑まされたことになる。したがって、申し訳ありませんでした、とまずは謝らなければならない。相性というものがあるから、しかたがないことだけれど、度重なると問題になるだろう。

基本的に、仕事を辞めることは、その本人の勝手である。「駄目だ、これは続けられない」と自分で判断できれば、辞めれば良い。けれども、辞めたあと、以前と同じスタート地点に立てるわけではない、と理解してほしい。一度辞めれば、その人はスタートラインから少し後ろへ下がったところからの再チャレンジになる。だから、その不利を見越して、辞めるかどうかを判断した方が賢明だ。一度仕事を辞めると、履歴書にそれが残る。どうして辞めたのか、そして、次の仕事ではそんなことにはもうならない、といった決意を、その後の就職活動で説明しなければならないだろう。

結婚だって、初婚の方が再婚よりも有利だろう。人間が関係を結ぶということは、基本的な信用が前提であって、さらにお互いが信頼を築いていくわけだが、最初の出会いの時点では、どうしても過去のデータが気になる。それ以外には、(会って話しただけでは)人間の性格というものはわからないのだから、しかたがない。

極端な場合になると、研修期間がまだ終わっていないのに辞めてしまう人がいる。会社が仕事の説明をしたり、練習をしている段階であって、まだ実際に配属されていない状態なのに、である。研修のためにバスでどこかへ出かけたら、その出先でいなくなってしまった、という例もある。たぶん、説明を聞いているうちに、「これは自分が思い描いていた仕事ではない」と気づくのだろう。牧場で働きたかったので、牛を相手にしたいと話したら、闘牛士にさせられてしまった、というくらいなら、わからないではないが、普通は、どんな仕事をするのかを選んで就職しているはずではないか。

長く働こうと思うから辞める？

辞めてしまう人は、もともとは長く勤めるつもりで就職先を選んでいる。長くそこで働きたいと思っているからこそ、ちょっとしたギャップを見過ごせないのだ。たとえば、三年間働こうと考えての入社だったら、きっと我慢できただろう。人間関係でも同じで、ちょっとしたつき合い、たとえば、飲み友達くらいだったら、少しくらい気に入らない点があっても見過ごせる。しかし、隣に住んでいる人になると、もう少し神経質になる。特に借家ではなく、ローンで購入したマンションとか一戸建てだとなおさらだ。さらに、結婚した相手となれば、もうほんのちょっとしたことでも、頭に血が上ってしまう。ずっとつき合わなければならないからこそ、不満が気になり、早めにギャップを修正しよう、と考えるのだ。

また、「長くここにいなければならない」という心理が、逆に、「もっと自分に適したところへ早めに移った方が良い」と決断させるのである。自覚していない人が多い。会社を辞めるのは良くない、特にしばらく経ってからでは周囲に迷惑がかかる、だから早めに辞めた方が良い、と考える。辞めることはいけない、と思っているから辞めてしまう、という点に本人さえ気づいていないことがある。

こういった理屈だから、「もう少し我慢してみてはどうか」というアドバイスは逆効果になる。長く働いて一生を捧げる職場へ一刻も早く移りたい、と願っているからだ。

しかし、この「すぐに辞めてしまう若者」は、最近は少し減っているように感じる。なによりも、不況になって、就職はもちろん、再就職が難しくなっている。バブルの頃なら、今勤めている会社を辞めても、いくらでも好きなところに就職ができた。企業によっては、かつて自社で不採用にしたため他社の社員になっている人に向けてダイレクトメールを出し、転職を誘ったところがあるくらいだ。景気が良いとそういう非常識なことも起こる。そもそも、好景気というものが非常識なのだ。

また、情報公開が広まり、個人どうしのコミュニケーションも、知合いでない範囲にまで広範囲に直接つながるネットの時代である。あらかじめ、かなりの情報を知ることができるようになった。同時に、会社の側も、若者がどんな傾向を持っているのかを知ることができるので、研修の時点で辞めてしまうなんてことがないように、この頃は気を遣っているらしい。そう、以前は一旦入社すると体育会系の乗りでがつんと活を入れることもあったのだ。それで恐れおののいて辞めてしまう、なんてことがあったかどうかまでは知らないが……。

問題はすべて人間関係

会社を辞めるというのは、社員にとっては最終兵器である。どうしようもないときには、この切り札を出すしかない。一度しか使えない手だから、熟考した方が良い。ときどき、辞表を受け取らず、残留を説得されることがないともいえないが、そんなドラマみたいなことを期待しないように。

切り札は出せないという場合には、たとえば、「部署を換えてほしい」と願い出る手もある。これも辞表に限りなく近い。なにしろ、周囲に知られたら、その場にはいづらくなるし、要求が簡単に認められることも少ない。よほど能力を買われている場合であれば要求が通ることもあるが、能力を買われているならば、普通は部署を換わろうなどと考えないものだ。

何故、辞めたり、部署を換わりたいと考えるのか、その理由はほとんど一つである。いわゆる「人間関係」という問題だ。これ以外に、人間が抱える問題はないといっても良いくらいである。僕は、それ以外の問題しか抱えない人間なので、ずっと不思議だったのだが、世の中の人というのは、とにかく人間関係以外では悩まないといっても過言ではない、と少し誇張しておこう。

もっと抽象的に、客観的に考える

僕は、とにかく抽象的にものを考えるし、なるべく抽象的なことだけを発言するように気をつけている。だから、相談に乗っても、相手は「なんとなく一般論を話しているだけで、親身になって聞いてもらえない」と感じるかもしれない。けれども、ほとんどの問題は、実は「客観的なものの見方」の欠如から生じている。自分の悩みをもっと一般論として捉え、自分から切り離したうえで答を出すことが、ときには重要になる。

本書も、ここまで実に客観的かつ抽象的に書いてきたつもりだ（ときどき、実例を挙げた程度だし、実例はほとんど笑い話のレベルになっている）。しかし、仕事や就職関係の本を既に沢山読んできた読者は、あまりに他人事みたいな書き方に抵抗を感じるかもしれない。その感覚はとても正しい。

個人的な悩みの解決のキィになるのは、一般論、客観論、そして抽象論である。何故なら、具体的なことは、本人がもう充分に考え尽くしているからだ。具体的に解決が難しいからこそ問題になるのである。それに対して、他者からどんなに言葉を飾って励まされても、得られるものは事実上ない。そこに気づいてほしい。

具体的な問題に答えてみよう

以下に、少し具体的な、個別の問題を取り上げてみたい。これは、最近寄せられた仕事に関する相談あるいは質問である。「あ、私のだ」とか言われないように、文面は多少変えてある。それぞれについて、僕なりの誠意で答えてみたい。

まず、全体にいえるのは、問題は具体的なもののはずなのに、相談のとき言葉になるものは非常に抽象的だ、ということである。これは、具体的な部分が「恥ずかしい」からぼかされている結果だが、しかし、相談をするだけで、自分が抱えている問題を抽象化できるという点は見逃せない。これが、たぶん相談をすることの唯一の具体的なメリットといえる。すなわち、相談者というのは、回答を聞く以前に、問題を自ら抽象化したことで見えてくる答を、自分の中に既に持っているのである。

Q　仕事に希望がありません

「一言でいえば、仕事に対して希望が持てないということです。何をしても上手くいきません。初めの頃は、自分なりにチャレンジしたつもりですが、すっかり疲れました。続けていく勇気も消えました。最初の頃の仕事に対する夢は何だったのでしょうか？　今は、そんな夢を抱き続けていた自分が愚かであったようにさえ感じます。『景気が悪いせいだ』と、自分に対しても、また周囲に対しても言い聞かせて、なんとか溜飲《りゅういん》を下げていますが、せめてもう少し希望を持って、日々取り組みたいと思います。どうしたらいいのでしょうか？」

これは、相談でも質問でもなくて、自分の現状を抽象的に分析しているものだ。その分析は、たぶん正しい。問題がどこにあるのかは明らかで、最初に抱いた希望や夢が、非現実的だったということ。希望を持って仕事に取り組むという幻想を持っていた。そんな希望や夢が誰にも必ずある、と思い込んでいたのだ。誰かが騙したというよりも、自分で自分を騙していたといえる。

一生騙され続けて生きている人も多い。会社の上層部には本当に、そうやって人生を切り抜けてきた人が沢山いるだろう。それでも、たまたま時代が良く、運も良く、見かけ上の成功を得た人もいる。だから、後輩に向かって「仕事に夢を持て」と言いたがる。

本書の第1章で書いたとおり、その考え方は、貧しかった昔の価値観から来るものであって、誰にもいつでも常に正しいというわけではない。

人生の生きがいを仕事の中に見つける必要はどこにもない。もちろん、仕事に見つけることもできるかもしれない。それと同じように、仕事以外にも見つけられる。好きなことをどこかで見つければ良い。どうして仕事の中でそれを探そうとするのか、自問してみよう。

仕事は一日の中でも沢山の割合を占めるから、その時間を少しでも楽しみたい、と考えるのは人情というもの。たとえば、毎日何時間も電車に乗ることが都会人の常識だが、みんな電車が大好きというわけではない。どうしても電車が好きになれないという人だっているだろう。あの満員で空気も悪い場所で体力を消耗し、他人に気を遣っていなければならない時間は、自分にとって何なのか、と疑問に思わないだろうか？

仕事もこれと同じである。電車の時間は、必要だからしているだけのこと。本を読んだり、音楽を聴いたりして、できる範囲で少しだけ楽しくすることができる程度。誰だって、もっと静かな部屋で、本も音楽も楽しみたいのが当然なのに。

でも一方では、仕事をしているからこそ、自分の好きなことができる。「これを我慢すれば、あれができる、あれも買える、あそこへも行ける」と考えるしかない。「交換」をときどき思い出そう。仕事の基本は、その「交換」にある。

たとえば、仕事以外で、本当に楽しいこと、人生を捧げられるような対象を見つけたら、毎日が楽しくなるし、その毎日を支えるものとして、仕事だって楽しく思えるようになるだろう。

一言でいえば、「楽しくてしかたがない、なんて仕事はない」である。そんな仕事があると主張する人には、「では、給料はいらない？」ときいてみよう。

Q やりがいか、給料か

「自分の手がけている仕事に、どんな意味があるのかわかりません。とにかく、右から左へ流すだけの仕事なのです。言われたことをして、わけもわからず、ただそのとおりしているだけです。それでも、給料はとってもいいんです。給料が高いのを取って、やりたくないことを続けるのか、それとも、その有利さを捨てて、自分にとって本当に『やりがい』が持てる仕事にチャレンジするのか、いったいどちらが正しいでしょうか？　ぼくはどうしたらいいのでしょうか？」

人間というのは、贅沢なことで悩むものだとつくづく思う。答は簡単である。どっちでも良い。

仕事に意味を見出そうとしているようだが、では、あなたにはどんな意味があるのか？　答えられるだろうか。たとえば、生まれてから今まで育ってきたことに、どんな意味があったのか？

おそらくは、自分でもよくわからないぼんやりとした「充実感」のようなものを想像しているのだと思う。そういったものを得たいという願望だ。ではそれは、「金」とはどのように違うものだろうか？

高給ならば、それが仕事の「意味」ではないだろうか。それを大勢が求めている。したがって、あなたが何を選ぼうとしているのかも、僕にはよくわからない。

今の仕事を辞めて、それどころか無職になって、世界中を歩いて回ったら良いのではないか。思い描いていたものが、見つかるかもしれない。それは、仕事を辞めたことであなたが被《こうむ》った金額と交換して買ったものだから、高価である。しかも、満足は金で買えるということの証明にもなるだろう。

人生の選択というのは、どちらが正しい、どちらが間違いという解答はない。同じことを同条件で繰り返すことができないからだ。ああしておけば良かったとか、あれがいけなかったという反省をしても、それらはこれからの時間で別の形で取り返すしかない。過去をやり直すことはできないのだ。したがって、どちらが正しいでしょうか、という質問に対しては、どちらでも正しいと思える人間になると良い、というのが多少は前向きな回答になる。

Q　仕事に厭きています

「今の仕事を続けて早七年になります。もうほとんどが、ルーチンワークのため、すっかり厭きてしまいました。森先生は自分の仕事に厭きが来ることはありませんか？　そして、どういうときに仕事を楽しいと感じられますか？　日々心に張りをもって過ごすには、どうしたら良いでしょう？」

この質問は、僕のことを尋ねているようだ。僕は、たぶん普通の人の参考にならないと思う。しかし、きかれたので素直に正直に答えることにする。

若い頃の仕事は研究だったので、仕事に厭きるということは皆無《かいむ》だった。同じ作業がなく、常に未知の方向へ進まなければならない。いつも新しい問題を抱え、これまでにない発想を求め続ける毎日だった。しかし、ときどき、たとえば学生に配るプリントをホッチキスで綴じるような作業があると、一時間くらいずっとルーチンワークをすることになる。そういうとき、僕はとても嬉しくなった。なにしろ、どんどん確実に前進し、終わりへ近づく作業なのだ。それが楽しい。ああ、なんか、こういう単純作業って、好きだなあ、仕事みたいだ、と思ったものだ。

もちろん、それを一週間もやれと言われたら絶対に厭きるだろう。しかし、ホッチキスの針を打てば、それでいくらもらえる、と計算できるのが仕事であって、そうなれば、案外続けられるのではないかと考えた。「この仕事でお金をもらって、どんな楽しいことをしようか」と想像しながら、ホッチキスを打てる。わくわくできると思う。だから、仕事をしていて楽しいと感じるのは、「これでお金がもらえるんだ」と思い出したときだろう。

それから、メリハリというのは、自分でつけようとしてつけるものではない。自然にできるものだ。調子が悪いときもあり、好調なときもある。できれば、機械のようにコンスタントに作業ができれば、予定も立てやすいけれど、人間はなかなかそうはいかない。どうしてもメリハリがつく。もっと早くから始めておけば良かったのに、怠けてしまったから、ぎりぎりで猛烈に頑張らないといけなくなる。仕事のメリハリは、できればない方が良い、と僕は思う。その方が仕事も綺麗に仕上がるし、自分の健康にも良い。

結局、質問者の問題は、ルーチンワークはいけないものだ、仕事に厭きることがいけないことだ、メリハリがないのはいけないことだ、という意味もない固定観念に取《と》り憑《つ》かれている、ということではないだろうか。

Q 働きたくないのですが……

「もしできるならば、働かずに自分がやりたいことだけをして人生を送りたいのですが、どうしたら良いですか？　ベーシック・インカム早く導入してほしいです」

基本的なことをいえば、人間は自分がやりたいことだけをして生きていける。スキーがしたい人は、たぶんスキーで滑るときが楽しいのだと思うけれど、スキー板を担いでまた山の上まで登らなければ、続けて滑ることができない。リフトがあるけれど、これは金を取られるので、面白くないだろう。でも、そういうものを全部ひっくるめて、「スキーをしている」と言えるのだと思う。

やりたいことをするには、まず、布団から出て起きなければならない。服を着なければならないし、食事もしなければならない。やりたいことをするための準備もある。体調も整えなければならない。楽しいからといって無理をすると、躰を壊してしまう。いくら好きでも、ずっとそれをすることはできない。これらも全部ひっくるめて、「やりたいことをしている」と言うのである。

やりたいことをするための準備というものがあるように、仕事だって、やりたいことをするための手段にすぎない。だから、やりたいことがあれば、仕事も自然にやりたいことに含まれるだろう。

もちろん、あなたがやりたいことというのは、ただ寝ていることとか、なにも行動しないこととか、お金がかからないものかもしれない。それならば、仕事をしなくてもできると思う。ずっと寝ていたいというなら、ほとんど死んでいるようなものだから、お金もかからないだろう。

ベーシック・インカムというのは、既に今の世の中には導入されていると考えた方が良い。最低限生きていくことはできるようになっている。ただ、手続きが面倒なだけだ（ベーシック・インカムが正式に実現しても、手続きはかなり面倒だろう）。

もし、やりたいことには資金が必要だ、という場合は、これはそれだけの金を稼ぐ方法を探さなければならない。それも「やりたいこと」の一部だと認識するしかない。そうまでしてやりたくない、というのなら、それは「本当にやりたいこと」とはいえない。誰でも、自分が望むとおりの人生を送っている。愚痴を言ったり、不満があると思い込んでいるだけで、基本的に、いつも自分が「望ましい」と選択した道を進んでいるのである。これは動物でも同じで、危険を避け、自分が欲しいものを目指す。人間が唯一動物と違っているのは、少し未来の得のために現在の損を選ぶことができる、「回り道ができる能力」を持っている点だけである。

Q 人に頭を下げるのに疲れた

「仕事では、とにかく頭を下げてばかりで、本当に嫌になります。社内でも社外でも、ぺこぺこすることに疲れました。もっと堂々と胸を張って、強く生きていくにはどうしたら良いでしょうか?」

胸を張って強く生きるというのは、あなたが今していることだ、と僕は思う。

僕が知っている偉い人、たとえば、仕事で大成功して、お金持ちで、優雅な生活をしていて、地位もあるし、人望もある、という人は、とにかく頭ばかり下げている。けっして威張っていない。これが、「強く生きている」ことではないかと思うのだ。「胸を張る」というのも、べつに勇ましい態度を取るという意味の言葉ではない、態度で示すようなものだったら、いつでも胸くらい張れるだろう。ただ、笑われて、嫌われて、みんなから無視されるだけのことだ。

テレビなどを見ていると、一流の人が自信を示すような場面がある。あれは、テレビがそういう絵を欲しがっているから、そんなふうに演出しているだけのことで、実際には、そこまでの自信を表に出すことはない。本当の自信とは、そうやって表に出して示さなくても伝わるし、わかっている人にはわかる。信頼というものも、そういった見せかけの自信からは生まれない。

だから、堂々としていて、言うことが自信に満ちあふれている、という人に出会うと、「この人はなにか後ろめたいことを隠そうとしているな」と思える。調子が良すぎるから信頼してもらえない。そういうものだ。

商売というのは、お金をもらう方が頭を下げる。それは、「いただきます」とか「ごちそうさま」と同じ意味であって、つまり、得をしたから感謝で頭が下がるということだ。下がれば下がるほど、得をしていると考えても良い。

「そんなへこへこしたことは嫌いだ」という人はプライドが高いのかもしれないが、その程度のプライドは、この際あっさりと捨てた方が賢い。本物のプライドというものは、頭を下げ続けて初めて獲得できるものだろう。

Q 日本の労働環境は異常なのか？

「日本には過労死するほど仕事があり、自殺するほど仕事がない、という言葉をよく聞くが、この言葉についてはいかがお考えになりますか？」

残念ながら、そんな言葉は聞いたことがない。どちらも「ほど」を「ほどの」に変えてみても、なかなか面白い。

よく、「日本は〜」「日本人は〜」という物言いがある。「日本人は働きすぎる」などは、だいぶまえによく聞かれたが、僕が個人的に思うのは、べつに日本人はそれほど特別ではない、ということ。世界のどこへ行っても、それくらいのことはある、というレベルばかりだ。

この頃は、日本も欧米並みになってきたように感じる。高度成長期の頃、「フランスでは失業率がこんなに高い」というようなニュースを見て、「そうか、日本製品が優秀だから、先進国で仕事がなくなっているのかな」なんて感じたものだ。それが、今では日本に回ってきた。日本は失業率が高くなった。たぶん、韓国や中国の人が、そんなニュースを見て、「よし、日本ももう終わりだ、これからは自分たちの時代だ」と感じているのではないか。

失業率というのは、国が豊かになって、失業しても食べていけるから、高くなるという側面がある数字だ。選り好みして職に就かなくても「失業」だからである。失業できるだけの蓄えがあるし、失業の保険も下りる。戦後の日本には、そんな余裕がなかった。みんなが貧しくて、安い賃金でも働くしかなかった。だから、海外からも仕事が来たわけである。

過労死というのは、この言葉が生まれるよりも以前の方がずっと多かっただろう。この言葉ができて、そういうものが認識されたのは、社会に余裕が生まれた証拠といえる。セクハラやパワハラなど、職場のいろいろな問題が顕在化《けんざい》しているのも、同じ理屈であって、その言葉ができたときには、むしろ下火になっているともいえる。

自殺については、僕はよくわからない。友達が何人も自殺しているが、それぞれ理由が違うし、また、伝え聞くような理由ではまったく理解できない場合がほとんどだ。日本人は、自殺しやすい民族かもしれない。宗教的に禁じられていないこともあるし、昔から死を美化する伝統があることも影響しているだろう。今では、死因の中でも目立ってメジャなものになったけれど、特に最近増えているわけでもない。社会とか時代と単純に結びつけて論じるのもどうかと思う場合が多い。

Q　休日に心が安まりません

「休日も、仕事の心配事で心が支配され、気が休まりません。毎日仕事から帰宅しても、疲れ果ててなにもする気が起きません。せめて休みを休みたらしめるにはどうしたらいいのでしょうか？」

やりたいことを見つけることだと思う。

疲れ果てている、という以前に、家に楽しみがないことの方が問題ではないだろうか。もし、休みにやりたいことがあって、家に楽しみが待っているなら、逆に、仕事中も休みのことが楽しみで落ち着かなくなるかもしれない。楽しみに疲れ果て、仕事をする気が起きないようになるかもしれない。

このあたりのバランスは難しいところで、ようするに、躰も心も一つしかないし、同時に二つの時間を過ごせないという物理的制約がある。そんな当たり前のことを書いてもしかたがないが、子供だって、「明日の遠足のために今日は早く寝る」というような気遣いをするものだ。大人だったら、できるのではないか。

仕事の心配事に支配されるのは、責任感が強い証拠で、きっとあなたは職場で信頼されているのだろう。逆にこういう心配をしない人間がいて、仕事が終わったら、すべてぱっと忘れて、酒を飲み、次の日には二日酔いで出てくる。まったく信頼できない。こんな人間が多いと思うが、そんななか、あなたのように、心配事を抱え込む人がいてくれるから、その仕事が成り立っているのだろう、と想像する。

しかし、あまりにストレスになっても逆効果なので、やはり、多少は忘れた方が良い。忘れるために必要なことは、休んで「やらない」時間を作るのではなく、もっと楽しいことを探してそれを「やる」時間を持つ以外にないだろう。

Q　自由時間がありません

「旅行にスポーツ……、やりたいことは山ほどあるのですが、いかんせん時間がありません。無理なく時間を捻出する方法があれば是非教えて下さい」

不思議な質問だと思った。やりたいことがあったら、どうしてもうやっていないのだろうか。時間がない、という言い訳を考える暇があるなら、やれば良いと思う。やりたいことというのは、寝るよりも、食べるよりも、優先できるはずだ。もし、時間がないからできない、と判断しているのが本当ならば、それは、そうまでしてやりたくないことだといえるから、一所懸命になってやる必要もないと思う。

あまりに突き放した回答になってしまったが、時間というものは本当に限られているから、自分の時間を大切にする姿勢はいつも持っていたい。何故、毎日何時間も電車に乗るのか。どうして、こんなに家族サービスに時間を取られるのか、などなど、当たり前だと思っていることを考え直すのも一つの方法かと。

Q ノマドはファッション？

「近年にわかに流行った『ノマドワーカ』については、いかがお考えになりますか？　少々憧れますが、自分にはできそうにありません」

どうも思わない。個人の自由なのでは。

単に、技術的にそういったやり方が可能になった、というだけだし、単なるファッションにすぎないものだ。そういうスタイル的なものに憧れるのも、若者の特徴だけれど、仕事の本質とは無関係だろう。

たとえば、新幹線の中で、パソコンを広げて仕事をしているビジネスマンがいる。きっと、ああいうスタイルが格好良いと思っているのだろうな、と僕などは見てしまう。それだったら、夜中のうちに仕事をしておいて、新幹線では寝た方が効率が良くないだろうか、なんて考えてしまう。

でも、もちろん、スタイルは自由であって、個人の勝手だ。それに、昨夜はまだデータがなくて、今朝になって入ってきたデータなのかもしれない（そんな慌ただしい職場というのは、良い仕事ができる環境ではない、と考え直すべきだが）。

この「スタイルに拘る」というのが一番下のレベルで、その次が、「手法に拘る」というものだ。これも、まだ本質ではない。最も大事なことは、手法にもスタイルにも拘らず臨機応変に選択できる「自由さ」であり、拘るべきは、結果のコンテンツである。

Q 職場が殺伐としています

「職場が、とにかく息苦しいです。成果主義で問われ、みんな殺伐としていて、自分のことでいっぱいいっぱいのようです。職場を朗《ほが》らかで楽しい場にするには、どうしたら良いのでしょうか?」

仕事というのは、成果を問うものだ。それが殺伐としていると感じるのも素直な感覚で、そのとおり、仕事というものは殺伐としている。少なくとも和気あいあいの場ではない。少しくらい明るい部分があっても良いかもしれないが、それはちょっとした飾りのようなものでしかない。

同じことを、大学受験で血眼《ちまなこ》になっている予備校生たちに言ってみると良い。「成果主義で、みんな自分のことでいっぱいいっぱいに見えるが、もっと朗らかで楽しい予備校にするには、どうしたら良いですか?」と尋ねてみよう。たぶん、「煩《うるさ》いから帰ってくれ」と全員から言われるだろう。それは、予備校に通っている若者が、既に、自分の目標をしっかりと認識しているためだ。あんな子供でも、それくらい自覚ができるのである。

仕事をする大人であれば、自分たちのやっていることの本質がどこにあるのか、まず正しく理解した方が良いだろう。

ただ、このように「雰囲気」を優先する人はけっこういる。若い女性の中には、そういうものの方が重要だと考えている人もかなりの割合いる。それは、働くことよりも、楽しくあることの方が優先されるべき条件だというポリシィであって、個人の方針としては間違っているわけではない。単に、それでは仕事をする組織として矛盾するというだけだ。

また、飾り程度に、見せかけでも良いから、「明るい職場」を演出することは、「効率を上げる」ために必要かもしれない。みんなで話し合っても良いだろう。仕事が一段落ついて、暇なときにならば、それくらいはしても損はないかもしれない。

Q 孤独な職場で寂しいです

「私は、職場でひとりぼっちです。会社は仲良しクラブではないとわかっているのですが、それでも一日の大半を過ごす場で、この孤独は堪え難いものがあります。なにか割り切れるようなお考えがあれば是非教えて下さい」

僕は、就職して以来ずっと、ひとりぼっちで仕事をしてきた。研究というものは、自分の頭の中だけで行うものといっても良い。また、作家になっても、やはり自分だけで作業をすることには変わりない。これを「孤独」だと感じたことはないし、また、そもそも仕事に集中しているときというのは、周りに人がいることなど無関係で、自分の考え、目の前にあるもの、自分の作業、そういう対象に没頭しているのではないだろうか。

だから、孤独にならなければ仕事はできない、といっても良いかもしれない。なかには、チームで行動するような作業があるけれど、それでも、スポーツほどリアルタイムで周りを見ているわけではない。ときどきコミュニケーションを取り、修正をし、タイミングを合わせる程度ではないだろうか。

僕は孤独が大好きなので、「堪え難い賑《にぎ》やかさ」ならわかるが、「堪え難い孤独」というものが理解できない。でも、子供の頃から大家族でいつも周囲に笑顔があって、学校でもみんなとともに勉強していると意識していた人ならば、職場で孤独を感じるのかもしれない。しかし、それが仕事だと思うしかないだろう。個人的で贅沢な悩みだと思えるが、いかがか。

Q 放っておかれています

「私は、今年新卒入社の契約社員です。周囲の人たちは自分が忙しいのか、それとも人に関心がないのか、ちっとも業務に関することを教えてもらえません。その割には多くのこと（主に雑用）を頼まれ、できなければ怒られます。やったらやったで手柄を持って行かれ、ちっとも自分にとってプラスになっている気がしません。将来も不安です。いったいどうモチベーションを保っていけば良いのでしょうか？」

仕事におけるモチベーションは、第一に賃金を得ること、そして次には、仕事を覚えること（技術的な成長）だと思う。前者は、契約どおりのものがもらえるはずだから、まずは一番大切な動機は確保されているだろう。

後者に関しては、必ずすべてを教えてもらえるというものではない。これは、昔からの常識で、「仕事は見て覚えるもの」と言われてきた。ところが、最近になって、手取り足取り教えたりする研修や、やり方を細かく記したマニュアルが目立つようになった。研修やマニュアルがあるのは、その仕事がルーチンワークだからだ。いうなれば、つまらない、お決まりの仕事だからである。

仕事の最前線というのは、誰も教えるほどノウハウをまだ持っていない。ただ、過去の似た例を適用して、自分で工夫や想像をして臨むしかない。この過去の経験だって、なかなか人に伝達できるほど記号化されていない。これを使えることが、すなわち「仕事を覚える」という意味でもある。

したがって、とにかくは、頼まれた自分の仕事をこなし、そして、周囲の人がやっていることをよく観察するしかない。自分の仕事に関係がなくても、機会を見つけて、邪魔にならない程度に質問をして、観察をより確かで正確なものにする。その姿勢があれば、周囲も、任せてみようかな、と感じるかもしれないし、チャンスも巡ってくるだろう。

ついつい、学校のように、すべて教科書があって、先生が教えてくれるものだ、と勘違いしてしまうのが、この頃の若者の傾向である。この点は意識を入れ替えた方が良い。学校で習ったことは、仕事を観察し、分析し、やり方を知るための基本的な道具だと思う。つまり、金槌《かなづち》とは何か、ノコギリとは何かを学校では「教えて」くれた。あとは、現場で、先輩の大工がどうやって家を造るのかを観察するしかない、というのが今の状況だ。建てる家によって、仕事の内容は違うから、誰も言葉で具体的に教えることなどできないし、そんな余裕もないだろう。でも、きけば答えてくれるはずだ。

興味を持って質問をすれば、相手も悪い気はしない。それなりに応じてくれるだろう。待っているのではなく、情報を取りにいく姿勢が大切だと思う。

Q 社会人の幸せとは何でしょう

「仕事をしていても、喜びを感じられるときが一割。あとの九割が苦しいことです。こんな状況の中で、人生って何のためにあるんだろうなあ、と考えるときがあります。たとえば学校でいじめられている子に、『大きくなれば良いことがあるよ』という声をかけようにも、『大きくなっても辛いことが沢山あるよ』としか言いようがありません。はたして、社会に出たあとの幸せって、何なのでしょう?」

それを見つけるのが、あなたの人生だと思う。

一般的なことを話題にしているようで、実はそうではない。子供たちのことを気にしている場合でもない。あなたには、なにか楽しいことがあるのか? 仕事どうこうの問題ではなく、あなた自身の問題である。

　ところで、仕事で一割の喜びが感じられるなんて、もの凄く良い状況に僕には思える。そんな素晴らしい職場って、そうそうないのではないか。たとえば、学校の運動部だって、ずっと苦しい練習の時間がほとんどだ。なれても補欠、試合に出ても、成果は出ない、という人もいただろう。それでも、その苦しさは、きっと自分のためになっている、と信じられるから堪えられた。いつかは、もっと上手くなると思えるから、続けられたのだ。一勝九敗なんて成績だったとしても、その一勝は、たぶんもの凄く嬉しかったのではないか。五勝五敗の人の一勝よりもずっと嬉しいはずだ。

　もし、今の状況が堪え難い、というならば、さらにもっと勝率の小さい、もっと苦労が大きい仕事を選べば、やりがいもあって、小さな嬉しさが確実に味わえるかもしれない。逆に、喜びばかりが充満した職場なんて、いつまで続くのか心配した方が良いだろう。そんな仕事は、そもそも成立しないし、長続きするはずがないからだ。

Q 仕事のほかに楽しみがありません

「仕事以外に打ち込めるものが見つかりません。どうしたら、ほかに夢中になれるものが見つかりますか？」

探すしかない。簡単には見つけられない。今見つけても、楽しくて夢中になれるレベルに至るのは、ずっと将来かもしれない。沢山の種を蒔《ま》いて、芽が出てくるのを待つしかない。今までそれをしなかったから、現在の「花が咲いていない花壇」があるのだ。「仕事以外に」と書いているということは、仕事には打ち込めるのだろう。それは幸せなことだと思う。仕事の中にも、もちろん楽しみは見つけられる。そちらを育てる道もある。

Q 辞めるに辞められません

「会社を辞めたいけれど、辞められません。マンションのローンもあるし、家族もいるし……。たとえ、辞めて転職しても、もっと状況が悪くなるのは目に見えています。腐り続けながら組織にいることに意義を見出すには、どうしたら良いのでしょうか？私の人生は私のものであるはずなのに、いろんな足枷《あしかせ》がついてまわり、人生がちっとも楽しくありません」

少し遅い感じがする。マンションのローンがあるというが、ローンを組むときには、目先の楽しさに目を奪われ、自分に足枷をかけたわけだ。したがって、これからは、そういうことに気をつけて、自分が自由になるように少し我慢をして、将来の自分に投資をすれば、十年くらいさきには、少し良い状況になっているだろう。

目の前の得を取って、あとで大きな損を味わうか、さきに損を取って、あとで大きな楽しみを味わうか、のいずれかしかない、と考えるとわかりやすいだろう。実際には、そこまで二分化されていない。上手いやり方が見つかることもある。腐らないで、常にチャンスを待つしかない。少なくとも、腐りながらでも仕事が続けられるのは、悪い状況ではない。辞職する方が悪い状況だと思えるくらい、今は良い状態なのだ。

少なくとも、自分の人生は何なのか、と考えられるだけでも優位だし、まだまだ望みはあると思う。

大事なことは、今の自分の状況は、全部自分が仕込んだ結果だということである。

Q ブラック企業に勤めています

「いわゆるブラック企業に勤めていますが、自分のいる組織が嫌で嫌でしかたがありません。理不尽なことが平気でまかり通っているし、なにもできない、しないおじさんたちが偉そうにしている。こんな組織のために働きたくない！」

辞めれば良いと思う。何故辞めないのかわからない。ひょっとして、失う賃金が惜しいのか、それとも、次の就職を探すのが面倒で難しいと理解しているからなのか。もしそうだとしたら、妥協する以外にない。

世の中には、してはいけないと決まったことがある。法律で禁止されていることだ。それ以外は、人間は自由に行動できる。基準というのは、それだけである。

Q 理不尽な上司がいます

「上司が若干狂っています。過剰なノルマに加え、言葉の暴力は日常茶飯事、人格を徹底的に破壊されるほど罵られます。こうした人間とつき合わなければならない場合、どのような心構えが必要でしょうか？」

つき合う必要はない。「つき合おう」と考えているから腹が立つ。ときどき、おかしい人間はいるが、適当にあしらうしかない。もちろん、これは犯罪だと思えるレベルの実害を受けるような場合は話は別で、それは訴えるなり、あるいは、もう関わらないように自分が逃げるしかないだろう。

基本的に、今の世の中は、自分がつき合いたくない人間とはつき合わなくても良い。心構えでどうこうする問題ではないだろう。心構えで解決できるレベルならば、その程度の「困った人」はどこにでもいて、全然珍しくない。誰だって、そういう面を持っているから、たまたま相性が悪いということだってある。たとえば、あなたの方が若干狂っていて、勝手に腹を立ててしまうのかもしれない。そういう場合は、相手が同じ相談を誰かにしているだろう。

人間なんて、それくらい個人個人で違っているのだ。みんなが同じタイプで、気持ちが通じ合って、仲良しになれる、と思っていたら大間違いで、それこそ狂っているといえる。

Q　会社から必要とされていないようです

「最近、『前線であなたにやってもらう仕事はない』と自主的に解雇に仕向けさせるような『人材整理部署』に送られ毎日苦しい日々を過ごしています。けれど、私はこの仕事が好きですし、会社を辞めたくありません。就活だって必死の思いでやって、ようやく入社したんです。ただ、会社が私を必要としていないのは明らかです。組織から必要とされていないのに、居続けるのは私の我《わ》が侭《まま》ですか。森先生だったら、どうしますか」

よくわからないが、前線では必要なくなったというだけなのでは？　まだ解雇されたわけでもないし、「この仕事が好き」なら、今のままで良いのではないか。

「我が侭」というのは、人から指摘されたわけでもなく、自分でそう思っている、という意味だと思う。今の状況の、どこが我が侭なのか、僕には理解できない。そんな我が侭を許してくれる会社というのは、懐《ふところ》が深いというか、しっかりとしたところなのだな、と思えるだけだ。

Q 未来への不安が尽きません

「フリーランスのライタです。会社を飛び出て勢いよく上京し、今は食べていくだけの仕事はもらっています。ただ、いかんせん収入が不安定。一年さきすら見えづらいというのが目下の悩みです。森先生は、『未来への漠然とした不安』というものはありませんでしたか。こうした不安に打ち勝つにはどういう考え・行動が必要なのでしょうか」

未来への不安は、生きていることとほぼ同じで、常に、どんな状況でもある。それがない人間は、はっきり言って馬鹿だと思う。

この不安を和らげるためには、できるかぎり節約して未来に備えて蓄えるしかない。このように未来が不安になるのは、今が良い状態だからだ。悪い状態なら、未来のことなど考える余裕もないはずだからである。したがって、まさに今、未来への投資をすべきだと思う。

不安に打ち勝つ、といった気持ちや考え方の問題ではなく、貯金をし、新しい仕事の可能性を考え、それらの準備や仕込みをする、という具体的な行動が必要だろう。

Q 会社員に自由はありますか

「サラリィマンでありながら、真の自由を手に入れることはできるのでしょうか？」

「真の自由」というものを、僕はまだ知らない。求めているけれど、なかなか見つけられない。ただ、自由というのは、サラリィマンであるかないかとは、無関係だと思う。なにをどう結びつけたら関係があるのか、どんな影響を受けるのか、まったくわからない。

サラリィマンは、時間が自由にならない、という意味だろうか。しかし、休める日はあらかじめ決まっているし、休暇も保障されている。たとえば、自営の人から見たら、そんな自由が羨ましいだろう。

普通の人間は、睡眠をとらなければならないし、食事もトイレもいかなければならない。人に気持ちを伝えるためには、言葉を選ばないといけない。こんなことで、本当の自由を手に入れることができるだろうか、と僕は毎日考えている。

少々のフォロー

最後に少しだけ全体的な補足をしておきたい。

仕事関係に限らないが、いわゆる「悩み相談」「人生相談」「進路相談」などにくる人の多くは、意気揚々とはしていない。どちらかといえば、落ち込んでいる状態だ。これは当たり前のことで、その状況をなんとか改善したいから、他者に縋ってくるわけである。そして、気持ちが沈滞しているときには、生理的にというか、人情的にというか、ようするに、「励ましてもらいたい」という無意識の欲求が高まっている。

相談と言いながら、何が良くて何が悪いのかという論理や意見を聞きたいのではなく、ただ「頑張れ」「大丈夫だ」「君ならばできる」と応援してほしいのである。

そういう人に対して、僕の回答は「冷たく」感じられるだろう。その冷たいと感じること自体が、相談ではなく応援を望んでいる証拠だ。はなから理性的な意見を聞こうとはしていない、感情的な後押しを欲しがっている姿勢だから、「意見」を冷たく感じ、あるときは反発してしまう。

そもそも、意見には温かいも冷たいもない。温度を感じ取ろうとするのが間違っている。言葉で飾って、親しみを込めて話したところで、内容のない意見であれば、結局はなにも問題を改善しない。

これは、仕事でも同じで、「言っていることは正しいかもしれないけれど、あの言い方が気に入らない」なんて怒る人がいるけれど、それは、そう感じる人の方も悪い、と僕は思う。言い方ではなく、言っている内容、つまりメディアではなくコンテンツをしっかりと受け止めることが優先されるべきだ。それが仕事の本質ではないか。

上司は、部下に気に入られるためにいるのではない。部下も、上司に気に入られるために働いているのではない。人から相談を受けて答えるとき、僕は、その人に好かれようとは思っていない（もちろん、相手を嫌っているわけでもない）。ただ、できるだけ正しく内容が伝わるように、飾らず簡潔に言葉を選んで答えているつもりである。

わざわざこれを書いたのは、仕事の場でも、このような感情優先の勘違いから問題が生じることが多いからだ。

［第5章］

人生と仕事の関係

取り上げられた生きがい

仕事が人生ではない。必ずしも仕事にやりがいを求めなくて良い。そういうことを書いてきた。では、人生のどこにやりがいを求めれば良いのか。それを教えてほしい、という人がこの頃とても多い。前章の質問にも、それに類するものが幾つかあった。

まず、どうして今までは、仕事がそんな人生の重要な要素となっていたのか、もう少し掘り下げて考えてみよう。既に書いたように、一番の要因は「貧しさ」だと思う。貧しさにもいろいろな意味があるが、文字どおり生活に窮《きゅう》するような状態のことだ。明日食べるものがない。どうやってこれから生きていくのか、という状況下では、生きていくことと仕事をすることが、ほとんど等価に扱われる。

もちろん、それ以外にもある。たとえば、第二次世界大戦で無条件降伏した日本では、それまで国民が持っていた価値観が崩壊してしまった。国のために生きる、天皇陛下のために命を捧げる、ということが「生きがい」だと信じていた人は数多い。

もちろん、多くの日本人は、無条件降伏する日に初めて劣勢を知ったわけではない。どうもおかしいというくらいには考えたはずだ。けれども、周囲では大勢が亡くなり、毎日爆弾が落ちてくるような非常事態においては、個人的な楽しみに生きがいを見出すというようなライフスタイルは、とてもおおっぴらにはできなかっただろう。

戦争に負けたことで、日本人は大きな生きがいを取り上げられてしまった。このさき何のために生きていけば良いのか、と不安に思った人も多かっただろう。

しかし、終戦の日から、もう爆弾は落ちてこなくなった。皆殺しにされると心配していたのに、アメリカ人もそれほど怖くないことがわかった。少しずつ街は修復され、仕事ができるようになる。常に死を覚悟していた生活に比べれば、日々普通に仕事ができることは、とんでもない幸せだと感じられたはずだ。

そうしているうちに、世界情勢が日本に味方して国内は好景気になった。死に物狂いで戦うつもりで育った人たちが、死に物狂いというほどではないにしても、一所懸命になれるものが、まるで神様から与えられたように、目の前に現れた。それが仕事だったのだ。

企業戦士の時代

僕が子供の頃は、大人はみんな、「日本人は勤勉だ」「日本人ほど真面目に働く国民はいない」「日本人は優秀な民族なんだ。だから、これからあらゆる産業で日本が世界のトップになれるはずだ」と口々に語った。これらは、ほとんど戦前の教育の結果だといっても良いだろう。戦争にはたまたま負けてしまったが、それは資源がなかっただけのこと。人間としては優れているのだから、これを仕事に活かせば、日本は世界一になれる、というような理屈である。

それは、バブルの頃まで、まだあちらこちらで聞かれた物言いである。ヨーロッパではドイツが同じように復興していたから、「ドイツ人も優秀なんだ」とみんな話していた。しかし、実際には、日本やドイツの復興は、ある程度は先進国が仕向けたものだし、特に日本などは、アメリカの軍事力の下で、都合良く発展させられたようなものである。

ビジネスマンは、「企業戦士」などと呼ばれた。仕事は戦いだ。戦争には負けたけれど、ビジネスでリベンジする、というようなモチベーションがたしかに存在した。

敗戦から、もうすぐ七十年になるから、戦前の教育を受けた人は、仕事のトップには残っていないだろう。しかし、親がそういう教育を受けたという世代になると、まだほとんど残っている。僕などもそうで、親は戦前の人間だから、子供の頃から聞かされた価値観は、やはりそういったものだったと記憶している。この影響が、今でも企業のトップ、政治のトップにあるように見える。

仕事は戦いだ。男は戦士だ。戦うからには命懸けで臨むべきだ。それが人間の生き方であって、そうでない者は、臆病者で怠け者で脱落者だ。生きていく資格はない。少し極端だが、そんな価値観である。

たしかに、企業にとっても、このような考えを持っている社員は、それこそ「戦力」としても頼もしい。たとえば、スポーツだってそうだ。「気合いを入れろ」「気持ちの問題だ」「自分を信じていけ」というような精神論が、非常に広範囲にまかり通っている。

勝ち負けがないものには、興味さえ示さない人もいる。賭け事が好きだとか、「あいつをぎゃふんと言わせたい」とか、とにかく闘争心を煽って、物事に取り組もうとする、そういう時代だったのである。

受験戦争の時代

しかし、今はそうではない。今の若者は、両親も戦後の人間で、平和な世の中で、なるべく競争心を煽らない教育を受けてきた。子供の頃から、褒めて褒めて育てられている。嫌なものはやらなくても良い。やるときには、まず興味を持って、それを好きになって、楽しくやれば良い。

それなのに、仕事は相変わらず競争だった。戦前の価値観で軍隊のごとく組織が仕切られていたからだ。そして、その就職で有利になるためには学歴がものを言うことがわかると、今度は、子供たちまで巻き込まれる「受験戦争」になった。

学校というのは、そもそも軍隊を基本としたものだ。集団で生活し、規則を守り、同じことを同時にする。会社も軍隊型式の方が統制を取りやすい。命令に従う兵隊のような社員の方が迅速にプロジェクトを進めることができる。そういう戦士を育てるために、そもそも学校というものが作られた歴史がある。

けれども、そのような「支配」は、だんだん弱まってきている。まだ、なくなったわけではないが、以前に比べれば、個人の自由を尊重する世の中になった。個人の尊厳を守ること、その理想は人類の合意なのだ。

だから、この頃では、勉強、勉強とそれほど言わなくなった。子供はもっとのびのびと育てたい、と考える人も確実に増えている。

やりがいという幻想

世代間のギャップは、いつの世にもあるものだと思う。若い側は、年寄りの価値観に合わせようとする。なにしろ、親とか先生とか上司とか、たいていは歳上の者が権力を持っていて、それに従って、気に入ってもらわないと自分の立場が危うくなるからだ。しかし、これは明らかにストレスになるし、自分をすっかり変えたわけでもないから、どこかで爆発したり、離れていってしまったりすることにもなるだろう。

上の者も、自分たちの価値観が当たり前に通じると思っていては、そのグループにとってマイナスになる。若者の価値観を取り入れて、できるだけ改善していく気持ちはあっても、やはり対処は遅れ気味になるし、根本的に気づいてもいないという場合だって散見される。

面接に臨む若者は、仕事に対してやる気があるところを見せる。「やりがいのある仕事がしたい」と言葉では語るだろう。しかし、そもそも、「やりがい」というものがどんな概念なのか、若者たちはまだ知らない。知らないのに、言葉だけでそう言って、気に入ってもらおうと振る舞っているだけなのだ。そして、振る舞っているうちに、自分でも、言葉だけで「そういうものがあるはずだ」と信じ込んでしまう。

これが、「仕事のやりがい」という幻想に関して生じる問題の根源だ。その言葉を使っているうちに、個人個人がそれぞれ、勝手に夢を見ているだけなのである。

「やりがい」というのは、他者から「はい、これがあなたのやりがいですよ。楽しいですよ、やってごらんなさい」と与えられるものではない。そんなやりがいはない、というくらいはわかるだろう。ところが、今の子供たちは、すべて親や学校から与えられて育っている。ゲームもアニメも、他者から与えられたものだ。ほとんどの「楽しみ」がそうなのだから、「やりがい」もきっとそういうふうに誰かからもらえるものだと信じている。どこかに既に用意されていて、探せば見つかるものだと考えている。

そんな若者が、会社に入って、やりがいがもらえないか、と人を見て、やりがいはどこにあるのか、と周囲を探す。でも、誰もくれないし、どこにあるのか見つけられない。

何故、見つからないのだろう?

それは、「やりがい」がどこかに既に存在している、と勘違いしているからだ。

やりがいとは何か?

「やりがい」というのは、変な言葉である。たとえば、食べがいがある、といえば、それは簡単には食べられないもの、ボリュームのあるものを示す。「やりがい」に似た言葉で、「手応《てごた》え」というのもある。これも同じで、簡単にはできない、少し抵抗を感じるときに使う。

手応えのある仕事というのは、簡単に終わらない、ちょっとした苦労がある仕事のことである。同様に、やりがいのある仕事も、本来の意味は、やはり少々苦労が伴う仕事のことだ。

しかし、たとえば、自分が能力不足だったり、準備不足だったり、失敗をしてしまったり、計画が甘くて予定どおり進まなかったり、そんなことで苦労を強いられるからといって、それで「やりがいのある仕事」になった、とは言わないだろう。

そう勘違いをしている人もいる。最初は怠けておいて、〆切間際で徹夜をして、なんとかぎりぎり間に合わせる。そういうもので仕事の手応えを感じ、達成感や満足感を味わう、という人が実際にいるのだ。TV番組のヤラセのようなものである。

本当に素晴らしい仕事というのは、最初からコンスタントに作業を進め、余裕を持って終わる、そういう「手応えのない」手順で完成されるものである。この方が仕上がりが良い、綺麗な仕事になる。

ただ、こういう仕事ができるようになるためには、沢山の失敗をして、自分の知識なり技なりを蓄積し、誠実に精確に物事を進める姿勢を維持しなければならない。さらに、時間に余裕があるときには、勉強をして、新しいものを取り入れ、これはなにかに活かせないか、ここはもう少し改善できないか、と常に自分の仕事を洗練させようとしていなければならない。この自己鍛錬にこそ、手応えがあり、やりがいがあるのだ。

それはやりがいではない

〆切間際で見つけられるやりがいはない。仕事が終わったときに、打ち上げで酒を飲む暇があったら、そのときにこそ、次の手を考えて、やりがいを作る方が自分のためだろう。

物事を成し遂げたり、小さな成功があったときに、すぐにお祝いをして、酒を飲んで、酔っぱらって大騒ぎをする。それが、仕事の楽しさ、やりがいだと勘違いをしている光景をよく見かける。

こういう宴会では、みんなが笑顔になっているし、自分も楽しい思いができるかもしれない。そういった休息は、必要なものともいえる。しかし、それは仕事ではないし、ましてやりがいではない。甚だしい誤解だ。

酒を飲んで酔っぱらっているときに、仕事のアイデアの一つでも浮かぶだろうか。人間関係が酒の席で築けるなんて言うけれど、酒の席で壊れた人間関係の方がずっと多い。勘違いしないでもらいたい、と僕は常々思う。

おそらくは、戦後の成長期のビジネスマンたちは、こういったところでしか遊ぶことができなかったのだろう。これが、彼らの趣味だったのだ。したがって、その趣味に人生のやりがいを見つけたというだけのこと。それを勘違いして、「これが男の仕事だ」と思い込んでしまい、それを後輩にも教えようとしている。そういう人がまだ残っているのである。

人生のやりがいはどこにあるか？

繰り返していうが、人生のやりがい、人生の楽しみというものは、人から与えられるものではない。どこかに既にあるものでもない。自分で作るもの、育てるものなのだ。

子供の頃にその育て方を見つけた人は運が良い。なかには、せっかく見つけたのに、大人や友人たちから、「そんなオタクな趣味はやめろ」と言われて、失くしてしまった人もいるだろう。そう、やりがいとか楽しみというものは、えてしてこのように他者から妨害される。周囲が許してくれない、みんなが嫌な顔をする、もっと酷い場合は、迷惑だと言われてしまう。でも、自分はそれがやりたくてしかたがない。このときに受ける「抵抗感」こそが、「やりがい」である。その困難さを乗り越えることこそ、「楽しみ」の本質だと僕は思う。

もちろん、いくらやりたくても犯罪は困る。これは、この社会に生きるためには問題外だ。この場合は、周囲が反対するのも当然だろう。しかし、犯罪でもないし、実質的な迷惑を工夫によって回避できるのならば、自由になにをしても良いはずだ。現代では、個人の権利として、その自由が保障されている。

子供のときには、経済力がないし、場所も自由に使えないし、時間だって制約があるだろう。だから、やりたくてもできないことは多かった。でも、大人になったら、なんでもできるようになる。この言葉のとおりだ。それなのに、大多数の大人は、「そう思っていたけれど、大人になってみたら、やっぱり制約が多くてできない」とこぼす。そういう人が「仕事にやりがいが見つからない」と言う。結局、子供のときの制約を背負って、そのまま大人になってしまったといえるが、その背負っている制約というのは、ほぼ「本人の思い込み」である。

人気のある会社に就職し、人も羨む美形と結婚し、絵に描いたような家庭を築き、マイホームを購入して、という生活を送っている人でも、人生のやりがいを見つけられない人が沢山いる。偏差値が高いから、この大学に入った、この学科を選んだ、というのと同じで、たまたま能力的に勝っていたため、あっさりとなにもかもが手に入ってしまったけれど、しかし、自分で望んだ道ではない。その「人も羨む人生」に縛られて、自分がやりたいことを遠ざけてしまった結果といえる。

自由はどこにあるか?

僕は国立大学の教官だったから、指導していた学生はみんな超エリートだった。子供のときにはクラスで一番だった人ばかり、田舎では神童と呼ばれた人たちだ。就職もそんなに苦労をしない。企業の方から「弊社へ是非」と誘いが来て、ご馳走をされたりする。そうやって一流企業に就職し、やがて結婚もするし、子供もできる。郊外に家を建てたというような手紙も来る。それでも、ある年齢になったときに、相談に来る人がいる。

なかには、人生に疲れたのか、自殺してしまった人もいる。仕事が上手くいかなかったというわけでもない。ローンはあるけれど、お金に困っていたわけでもない。ただ、会社、家族、子供、ローン、両親、いろいろなものに少しずつ縛られて、身動きできなくなっていた。気づいたら、自分の自由なんてどこにもなかった。ただただ、働いて、毎日が過ぎて、酒を飲んで、疲れて眠るだけ、その連続に堪えられなくなるらしい。これは、どこで間違えたのだろうか?

そこまでいかなくても、大学も就職も結婚も、少し背伸びをしてしまった、と後悔する人もいた。つまり、みんながすすめるから、みんなが凄いと言うから、みんなが羨ましがるから、という理由で選んだものだから、自分に合っているかどうかが二の次になってしまった、ということらしい。少し無理をして、今の会社に就職したけれど、周囲は才能のある奴ばかりで、とてもついていけない、といった話も何度か聞いた。

これとはまったく反対に、僕の教え子で優秀な学生だったけれど、会社に就職をしなかった奴がいる。彼は今、北海道で一人で牧場を経営している。結婚もしていないし、子供もいない。一人暮らしだそうだ。学生のときからバイクが大好きで、今でもバイクを何台も持っている。毎日それを乗り回しているという。「どうして、牧場なんだ?」と尋ねると、「いや、たまたまですよ」と答える。べつにその仕事が面白いとか、やりがいがあるという話はしない。ただ、会ったときに「毎日、どんなことをしているの?」と無理に聞き出せば、とにかくバイクの話になる。それを語る彼を見ていると、「ああ、この人は人生の楽しさを知っているな」とわかるのだ。男も四十代になると、だいたい顔を見てそれがわかる。話をしたら、たちまち判明する。

何故かいつも楽しそうな人

こういう人は、そもそも、自分からはそんなに話をしたがらない。ただ、楽しそうにしているし、機嫌が良さそうだから、「なにか、面白いことでもあったの？」とこちらからききたくなる。

そうでない人というのは、子供の写真を見せたり、仕事の話をしたり、買おうとしているマンションとか、旅行にいったときの話とか、そういうことを自分から言いたがる。僕は、いつも聞き役だ。

僕は、毎日もの凄く楽しいことをしていて、僕のことをよく知っている人は、少しだけその内容も知っていると思うけれど、友達と会ったときには、まったくそんな話はしない。近所の人にはもちろん話したことはないし、家族にも、自分の趣味の話はしない。見せることだってほとんどない。

話をしないから、これが「生きがい」とか「やりがい」だという認識もない。そんな言葉を使う必要もないし、使う機会もない。

本当に楽しいものは、人に話す必要なんてないのだ。

人から「いいねぇ」と言ってもらう必要がないからだ。楽しさが、自分でよくわかるし、ちょっと思い浮かべるだけで、もう顔が笑ってしまうほど幸せなのだ。これが「楽しさ」というもの、「やりがい」というものだろう。もう、夢中になっていて、いつもそのことを考えている。なにもかもが、そのためにあるとさえ思えてくる。それくらい「はまっている」もののことだ。

べつに一つのものに、ずっと打ち込む必要もない。どんどん新しいものにチャレンジしても良い。なんでも、やり始めたら楽しくなる。覚えること、勉強することが楽しい。もちろん、仕事だって楽しいかもしれない。

最も大事なことは、人知れず、こっそりと自分で始めることである。人に自慢できたり、周りから褒められたりするものではない。自分のためにするものなのだから。

他人の目を気にしすぎる

やはり、現代人が最も取り憑かれているものは、他人の目だろう。これは言葉どおり、他人が実際に見ているわけではない。ただ自分で、自分がどう見られているかを気にしすぎているだけだ。

全然気にしないというのは、やや問題かもしれないが、現代人は、この「仮想他者」「仮想周囲」のようなものを自分の中に作ってしまっていて、それに対して神経質になっている。そのために金を使い、高いものを着たり、人に自慢できることを無理にしようとする。いつも周囲で話題にできるものを探している。その方法でしか、自分が楽しめなくなっている。

金を使えば、仮想他者の評価が一時的に手に入るかもしれない。実際には、そういう幻想を自分で抱くだけだ。そしてそのあとには、無駄に使った金や時間のツケが待っている。そこで、自分はいったい何を楽しみに生きているのか、と気づくのである。

僕は、就職したときの初任給が十四万円だった。こんなにもらえるのか、と思ったほどで、全然少ないとは感じなかったけれど、でも、同級生の話を聞いたら、僕よりも安い給料の人は一人もいなかった。僕は就職と同時に結婚をしたし、実家からも遠く離れた土地で、新婚生活を始めたので、僕の奥様（あえて敬称）は、本当に苦労をしたと思う。その後、子供が二人生まれ、ますます生活は大変になったみたいだ。でも、僕の仕事は、いくら残業をしても手当はつかない。それでも、毎日十六時間勤務していて、土日も祝祭日も盆も正月も休まなかった。それくらい、仕事が面白かったし、きっと無意識にやりがいを感じていたのだろう。仕事に打ち込むと、家族は犠牲になる。幸い、子供もちゃんと育ったし、奥様には頭が上がらない。今頃になって気づいて、なんとか償おうとしている毎日である。

それは良いとして、とにかく、家族四人で借家に住んで、奥様はお金がなくて苦労をしたけれど、それでも、ローンでものを買ったことはない。買えないものは買えないのだから欲しくもならない、という当たり前の生活だった。そういう状況を、僕は「惨めだ」と感じたことはない。比較をする相手もないし、人から「お前は惨めだ」と言われたこともない。惨めさを感じる場合、多くはその本人の主観である。みんなに比べたら、という発想をするらしい。けれど、そのみんなというのは誰のことだろうか？

貧乏でも金持ちでも同じ

僕は、子供の頃から工作が大好きだったけれど、それを仕事にはしなかった。だから、趣味で工作を続けていた。この十六時間勤務をしていた二十代の頃には、朝の四時から六時までの間に模型飛行機を作って、日の出とともにそれを飛ばして遊んでいた。若いからそういう無茶ができたのだろう。

三十代の後半になって、子供のときからの夢で、どうしても実現したいことのために、金や土地が必要になったので、なんとか方法はないものかと考えて、小説を書くことにした。このときも勤務しているわけだから、夜しか時間はない。眠くなるから一度寝て、一時間半後にまた起きて、執筆をして、そのあとまた寝る、という方法を採った。この仕事が当たって、念願の楽しいことがすべて実現可能になった。でも、それは資金ができたというだけで、まだまだ途中である。時間がかかるからだ。たぶん、死ぬまでに完結しないだろう。それでも、今が抜群に楽しいから、それで良いと思っている。

僕が言いたいことは、自分の価値観で判断をすれば、収入が多かろうが少なかろうが、その中で充分に楽しめるということ、そして、もしどうしてもそれ以上のことをしたかったら、別の仕事を始めれば良い、というだけのことである。

試しもしないで、ただ「あれがやりたいなぁ」と呟くだけでは、なにも起きない。宝くじを買うのがせいぜいだ。あんな確率の低いものを「夢」だと思えるのは、本当に楽観的な性格で羨ましい。

僕は、貧乏なときも金持ちになったあとも、収入の一割を自分の趣味に使ってきた。あとの九割は、奥様との相談で、自分たちの生活のために使う。その割合は今も変わっていない。バランス感覚が悪いから、このように数字で決めておかないといけない、というわけである。

人に自慢しないと気が済まない？

そもそも僕は、誰かが楽しんでいるのを見て、あれがやりたいと思ったわけではない。僕には、同じ趣味の友達がほとんどいない。最近、少しできてきたけれど、自分の趣味でサークルに入ったりしたこともない。趣味というのは、友達を作るためのものではないし、友達がいないと楽しめないものでもない。誰かと競うものでもないし、勝ち負けを争うものでもない。ただ、純粋に自分が楽しくてしかたがないのだから、それで充分なのである。

ときどき、旅行をすることもある。長いときは半年近く一人でヨーロッパを巡ったこともある。このときも、自分の趣味のための旅行で、いろいろ見たり買ったりした。でも、写真は一枚も撮らなかったし、帰ってきても誰にもどんなふうだったか話していない。人に話さないと楽しめないというのは、本当の楽しみでない、と僕は思っている。

仕事の楽しみというのも、まさにこのとおりのものだ。僕が仕事に没頭していたのは二十代のことだけれど、その当時、仕事の楽しさを他者に語ったことは一度もない。奥様にだって、どんな仕事をしているか話さなかった。そんなことを説明する暇もないほど、仕事のことで頭が一杯だったのだ。というよりも、「仕事をしている」という感覚さえなかった。

あるとき、職場の小さなパーティがあって、僕の奥様も招待された。彼女はそこで初めて、僕が助教授に昇格したことを知ったのだ。僕はといえば、「ああ、そういえば、今日はそのパーティだったのだ」と思い出しただけだった。仕事を中断して出てきたから、終わったら何をするかということで頭がいっぱいだった。

仕事に没頭するということ

助教授に昇格して数年経った頃に、夕方の六時から始まった会議が八時頃に終わって、研究室へ歩いて戻るとき、今日は少し疲れたから、このまま帰ろうか、と思った。そして、そういうことを考える自分に驚いた。「帰りたい」なんて思ったのは、初めてだったからだ。つまり、このとき、僕は「これが仕事というものか」とようやく理解したのである。

それ以前の僕は、家に帰るのは、寝なければ体力が続かないから、しかたなくする行為だった。つまり、トイレにいくのと同じ感覚だった。仕事が終わったから帰るのではない。もっと続けたいけれど、生理的な問題でしかたなく中断して休むのだ。これは、食事も同じで、時間を取られるのがもったいないから、弁当を食べながら、コンピュータのモニタを見続けていた。何を食べたのか見たことがないくらいだったし、家に帰って鞄を開けたら、弁当を食べ忘れていた、ということが何回もあった。こういった男をよく許してくれたものだと、今になって思う。

しかし、その彼女（奥様のこと）にしてみれば、僕という人間に一か八か賭けたのだろう。この投資は当たったかもしれない。今では、彼女は自分が欲しいものはすべて自由に買えるし、自分の時間を好きなように使っている。

とにかく、それくらい仕事に没頭していた僕だけれど、一度も「仕事にやりがいを見つけた」なんて思わなかったし、もちろん人に話したこともない。自分の状況は、自慢にもならないこと、みんなには無関係なことだ、というくらいに見ていた（今もそう見ている）。偉くもなんともない。ただ、楽しいからしていただけで、子供の遊びと同じレベルである。子供って、遊びに「人生のやりがい」を見つけているのだろうか？　大人だけが、そんな変な言葉を持ち出して、自分の経験を歪曲《わいきょく》しようとするのである。

主婦について少しだけ

奥様の話をしてしまったので、ここで家庭で働く主婦について、少し書いておこう。僕が若かった頃は、女性が社会に積極的に進出する時代だった。主婦になりたいなんていう女性は、たとえば大学生の中では本当に少数派だった。みんな共稼ぎを希望していて、男女は対等でなくてはならない、と信念を持っていた。今はどうかというと、女性のこの意識は少し後退したようだ。いちおう勤めはするけれど、結婚したら仕事は辞める、と最初から決めている人が多くなった。この理由はどうしてなのか、僕にはよくわからない。単に就職難になったからではないと思える。

子供がいない夫婦が増えているらしい。主婦が増えることと矛盾しているような気もするが、きっと、あの当時のムーブメントにやや行きすぎがあって、その反発が今来ている、という見方が順当なところではないだろうか。将来またもう一度、揺り戻すようにも感じる。

家庭にいても、仕事は仕事であって、主婦というのは、立派な職業だ、と僕は認識しているから、結局、どちらでも同じだという考えである。ただ、主婦の場合は給料が他者からはもらえない。この場合、夫が稼ぐ給料の約半分が、主婦のものである（比率は二人で決めれば良い）。女性が稼いで、男が家事をしても同じ。これは、スポーツでいえば「攻守」のようなもので、片翼を担っているわけだから、当然だろう。「稼いでいるのは俺だ」なんて言う夫がいたら、それは明らかに失言で、別れても良いだけの理由になる。

もう少し説明すると、仕事というのは、大昔、ある作業に向いている者が、少し余分に他者の分までやってやる、その代わり、別のことでは、今度はそのお返しをもらう、という共同生活の分担から始まったものだ。

畑を上手に耕して作物を沢山穫ることができる人は、自分が食べる分よりも余計に作って、それを他者に分け与える。家を造る技術のある者が、他者のものまで造ってやる。この場合に重要なことは、人間には向き不向きがあって、つまり違ったタイプがいるから、それぞれに適したことを任せ合う、そうやって分担する方が、一人でなにもかもするよりも効率が良く、お互いに利益があるという点である。

男女には、それぞれの向き不向きがある。社会的にまだ対等とはいえないかもしれないが、それ以前に、体力差があるし、出産もある。だから、作業を分担することになったわけだ。したがって、稼ぐのに向いている者が仕事をし、家を守るのに向いている者が家事をする。それが効率が良く、お互いの得になる。もちろん、共稼ぎを否定しているわけではない。それが最適だという夫婦も多いはずだ。

忘れてはならない大事なことは、ただ一つ。稼いでいる方が偉いわけではない、ということ。

向いている人に任せる

作業の分担は、社会的に見てもいえることで、その人が向いている仕事をした方が、社会として効率が良い。やりたいことや、好きなことで選ぶよりも、自分が向いている仕事を選択する方が合理的だということだ。それが、社会のためにもなるし、ようするに社会貢献ということだと考えて良い。自分の好きなことばかり選んでいて、ちっとも仕事が上手くいかない、という人は、少し考えてみても良いだろう。

しかし、既に書いたが、たいていの場合、自分が何に向いているか、みんなわからないと思う。それは、たしかにそのとおりで、やってみなければわからない。やっているうちに、なにかぼんやりと摑めてくるはずだ。おそらくそれは、自分がイメージしていたものとは違うだろう。

僕は、今は作家になってしまったけれど、もともと国語が一番できなくて、本を読むのも嫌いだし、全然自分がそんな仕事をするなんてイメージを持っていなかった。今でも、小説なんてほとんど読まない（一年に三冊くらいか）。大学受験のときは、父親が建築業だったから、跡を継ごうかな、というくらいに考えて工学部の建築学科を選んだ。しかし、どういうわけか、そのまま研究者になってしまい、家を継ぐことはなかった。そして、研究者をしているうちに小説を書いて投稿して、そのまま小説家になった。

不思議なものだ。僕は、べつに研究者になりたいとか、小説家になりたいと思ったのではない。目の前にあるもので、自分が金を稼げそうなことに手を出しただけである。僕は小説を書くことが今でも好きではない。でも、もしかしたら向いているのかな、という感じは少ししている。これだけ沢山の金が稼げるということは、裏返せば、沢山の人がお金を出しても僕の本を読みたいと思ってくれるわけだから、たしかに社会に貢献しているといえるかもしれない。

研究者については、事実上は若いときにしか最前線にはいられない。楽しい時間は、三十代になり助教授に昇格したあとは、ほとんどなくなってしまった（給料は何倍にもなっていたけれど）。会議が増え、大学の運営に関する雑務が多くなったので、これは向いている人たちに任せよう、と考えて辞めることにした。五十万円近い月給だったけれど、その頃には、もう小説で大金を得ていたからだ。僕としては、二十代の研究で、もうやれることはやったという感覚があった。充分に社会に貢献できたとも考えている（どちらかというと、少し未来の社会に対してだが）。

一つのものに打ち込む？

これは、僕の両親には、たぶん受け入れ難い人生観だったと思う。人間は一つのことに打ち込むのが本来のあるべき姿だ、というふうに昔の人は考えていた。あれもこれも、とむやみに手を出すのではなく、人生一途《いちず》、ただ一つのことをこつこつと長く続けてこそものになる、と僕も教えられた。

僕は、子供の頃からとにかく、厭き性で、長く同じことが続けられなかった。これは今でも変わらない。どんどん興味が移ってしまうから、どれも中途半端で投げ出して、やりたい方へ向かってしまう。幸い、結婚は一度だけだったけれど、たぶん、恋愛よりも面白いことが沢山ありすぎた結果でしかないと思う。

誤解しないでもらいたいこと

まだ僕は五十代半ばで、それほど年寄りというわけでもないし、もちろん、人生経験なんてたかが知れているので、若い人に聞いてもらえるような気の利いた教訓の一つも思い浮かばないけれど、しかし、それでもいろいろ考えて、この本を書いてみた。間違えないでもらいたいのは、これは「僕がこう考えている」ということだ。意見だと思ってもらっても差し支えないが、本当は、意見というほどのものでもなく、ただ、「こんなふうに観察できる」「こんなふうに解釈できる」ということを書いた。

だから、「なにかこんなふうにしなさい」という具体的なものは一つも示していないつもりだ。言葉として、「こうあるべきだ」「こうした方が良い」というふうに書くことはあるけれど、僕自身に言い聞かせているような響きだと思ってもらって良い。僕はまだそれができないから、「本来こうするべきだ」と書いているのである。

実際のところは、「絶対にそうしなければならない」というようなことはない。

人によって、時間によって、場所によって、それぞれ条件が違っているのだから、そんな「こうすれば絶対に上手くいく」というような方法があるわけではない。そこを間違えないでほしい。

あなたの人生は、あなたの判断でしか切り開けないのだ。

できるかぎりのアドバイス

「今の仕事がどうしても嫌で、とにかく死にたいくらい落ち込んでいる」という人は、その仕事を辞めれば良い、と僕は思う。実際に、そういう相談を受けたら、「辞めたら」と答えるだろう。仕事は辞めても取り返しがつく。

もしこれが、「どうしても死にたい」という相談だったら、「もう少しあとにしたら」と答えるだろう。死ぬことは、取り返しがつかないからだ。この差はわかると思う。

「希望する仕事に就けない」と悩んでいる人は、とりあえず、できる仕事をすれば良いと思う。バイトでも良い。どんな仕事でも、恥ずかしいことはない。恥ずかしいと自分で思っているから、悩んでしまうのだ。どんな仕事をしているかなんて、誰にも関係のないことだ。誰を意識して悩んでいるのか、と考えた方が良い。

「良い就職ができないから、良い結婚もできない。だから、良い人生が送れない」と悪い方へ考える人は、「悪い就職をして、悪い結婚をして、悪い人生を送ってみてはどうか」とすすめたい。僕は、そういうものはないと考えているからだ。悪い人生って、何だろう？

結局のところ、「どうだっていいじゃん」と自分に言ってあげられる人が、一人前の立派な社会人になれるのではないか。

「元気を出したら」なんて馬鹿なことは言わない。元気で解決できる問題というのは、そもそも大きな問題ではないからだ。そうではなく、「元気なんか無理に出さなくても良いから、ちょっと元気のある振りをして、ちょっと笑っている振りをして、嫌々でも良いから仕事をしてみたら？　それで金を稼いで、あとでその金を好きなことに使えば良い。それが君の人生かも」と言ったら、身も蓋もないだろうか。

だけど、結局、それに近いことをいつも言っている。

そうとしか言いようがないのだから、しかたがない。
ただ、たいてい、みんなそれで元気になる。僕は、不思議だ。
理由が、僕には全然わからない。
世の中も、人間も、まだまだわからないことが沢山ありすぎる。

あとがき

なりたかったらもうしているはず

この本では取り上げなかったけれど、実際に僕のところへ来る就職の相談で一番多いのは、「どうしたら小説家になれますか？」というものだ。大学で研究者だったときには、「どうしたら研究者になれますか？」とはあまり尋ねられなかった。なるのが難しいということがなんとなく伝わるからだろうか。研究に比べると、小説は誰でも書ける。子供でも書ける。技術も知識もいらない。国語の能力も不要だ（現に僕がそうだった）。それに、意外かもしれないが、小説が好きである必要さえない（現に僕がそうだ）。

映画監督の押井守《おしいまもる》さんと話しているとき、彼は、「どうしたら、映画監督になれますかって、きいてくる奴がいるけれど、本当になりたかったら、もう映画を作っているはずなんだよね」と言った。僕もそのとおりだと思う。小説家になりたかったら、もう小説が十作くらい書けているはずだ。だから、どうしたら良いのかという答は、「それを出版社に投稿してみたら」である。

「僕は、小説家には向いていないでしょうか?」なんて質問も来る。小説家に向いているかどうかなんて、二十作か三十作くらい長編を書いてみたら、自分でわかると思う。少なくともそれくらい書いたら、面白いかどうか冷静になって判断できるだろう。

難しくて冷たい?

こんな突き放したようなことをあっさり書いてしまうから、「難しい人間だ」とか「冷たい人間だ」と思われているようだ。

「難しい」というのは、よくわからない。わかりやすく書いているつもりだからだ。上手ばかり言って、飾った言葉で褒めそやして、そのくせ本当のことをなかなか正直に語らない人が多い。そういう人の方が僕は「難しい」と思う。

それから、「冷たい」というのは、まあ、そのとおりかもしれない。どうしてかというと、温かいことに興味がないからだ。温かい言葉とか、温かい態度とか、そういうものがはっきりいって嫌いである。面倒くさいと思う。「ぬくもり」なんて言葉も胡散臭《うさんくさ》い。そもそも「温かさ」というのは、人にかけるものではなくて、自分で感じるものだろう。たとえば、子供が無邪気に遊んでいたり、犬が走り回っている様子を見ると、心が温まる。しかし、子供も犬も、温かい態度を取っているわけではない。見ている者が、自分で自分の心を温めるのだ。したがって、僕が冷たいと感じる人は、自分の心が冷たいということに気づいただけである。

検索しても解決策はない

かように現代の若者は、「温かさ」まで人から与えてもらえるものだと期待している。なにもかも、自分に向かって訪れるものだと信じている。だから、そういうものが自分にやってこないと、相手が悪い、周囲が悪い、社会が悪い、国が悪い、経済が悪い、運が悪い、時代が悪いということになってしまう。そのような分析もけっこうだが、たとえそれらしい原因を見つけても、解決の方法を見出すことはできないだろう。自分のことならなんとかなるが、相手や周囲や社会や国や経済や運や時代は、自分の努力では変えられないからだ。

それなのに、解決策がどこかにないだろうか、と「検索」する。検索で解決するようなものだったら、「問題」とはいえないことにも気づいていない。

情報化社会において人は、自分の思うとおりにならないのは、なんらかの情報を自分が「知らない」せいだ、と解釈してしまう。必死になってネットを検索するのも、また、友達の話や、たまたま耳にしたことを簡単に信じてしまうのも、「知る」ことで問題が解決できると信じているせいだ。

検索できるものは、過去に存在した情報だけだ。知ることができるのも、既に存在している知見だけである。しかし、自分の問題を解決する方法は、自分で考え、模索し、新たに編み出さなければならないものなのである。

自分の生き方に関する問題は、どこかに解決策が書かれているはずがない。検索しても見つかるはずがない。どんなに同じような道に見えても、先輩の言葉が全面的に通用するわけでもない。自分で生きながら、見つけるしかないのである。

死にたくなったことのある人へ

そして、人生という道は、悩んでいようと、寝ていようと、さぼっていようと、とにかくどんどん勝手に進んでいく。止まることはできない。時間と同じだ。元に戻ることもできない。過去のことを分析して、未来の方針を修正していくわけだが、過去とまったく同じ未来が訪れることはない。常に条件は変化している。

したがって、過去のことに対しても、あれは最善だったとか、正しかったという評価はできないし、まして、自分のことでさえ、未来はまったくわからない。

そんな状況で、どうして他者に、「あなたはこうした方が良い」と教えることができるだろう?

たとえば、自殺しようと悩んでいる人に対しても、僕は助言ができない。僕は自殺をしたことがないから、それがどんなものなのか知らない。誰も知らないのである。ただ単に、自殺しなかった経験があるだけだ。自分はそれで良かったとしても、誰でも同じとは限らない。自殺した方が良いという場合もあるかもしれない。「自殺は絶対にいけない」と断言できる人間がいるとしたら、それは偽善者だ、と僕は思う。

ただ、感覚的に、自分の知っている人が自殺をすると、僕は嫌な気持ちになる。自分の知らない人だったら、それほどでもないが、近しい人がいなくなると、僕は残念に思う。だから、もし、そういう人が相談にきたら、「僕は嫌だ」と言うしかない。

温かい言葉をかけるよりも、物事に対して素直でありたいし、他者に正直にありたい。よく、「自分に正直に」なんて言うけれど、誰だって、自分には正直だ。正直というのは、他者に対する態度のことである。誰も、自分に嘘をつくことはできない。

僕は何のためにこれを書いたか

さて、この本を書いて、僕は何を得ただろうか？

もちろん、印税がもらえるから、金を稼ぐことになる。でも、僕はもう一生暮らすだけの金は持っているので、これはさほど重要なことではない。年収の一割を趣味に使えるから、なにか好きなものが買えるかな、というくらいだ（その何倍もの金額を税金で支払うから、国の財政に少し貢献できる）。

また、この本を読んだ人がどうなるのか、どう感じるのか、ということも、僕はあまり興味がない。本が何部売れたかということは、何人くらいが読んだのか、どれくらいの範囲へ影響を及ぼしたか、という社会情勢の一部だから、データとして少し興味があるけれど、個人への影響については、小さすぎるというか、僕からは遠すぎる。誰がどう影響されようが、それが僕に影響することはないからだ。

本を書くことで最も重要なのは、短時間だけれど、あるテーマについて日頃自分が考えていることを、具体的な言葉に置き換えるという行為にある。実際にやってみると、「なるほど」と自分で気づくことに出合える。そういう意味で、書いている時間は、少し面白い。小説などは、書いてもちっとも面白くないけれど、このようなエッセイ的な文章は、小説のように嘘を連ねているわけではないので、自分の思想が自分で見える良い機会だ、と思っている。

一番面白かったのは、最初に書いた第1章の「人は仕事で評価されるのではない」という原則が、「憲法のようだ」と思いついたこと。その次は、現代社会が抱えるジレンマが、実は情報が多すぎて、「なにもかも既に存在している」と勘違いしやすいためだと説明できた点。これらは、なかなか良いな、と思う。

憲法というのは、現状がどうであれ、現実的に難しくあっても、とにかく理想を掲げたものだ。その「精神の尊さ」を、まず人間は知らなければならない、という思想である。

たとえば、憲法に戦争放棄を謳っていても、実際には軍隊を持っている国があるし、また、ずいぶん昔から人間は平等だという憲法を持っていたのに、つい最近まで人種差別があって奴隷制が認容されていた国もある。いうまでもなく、日本とアメリカのことだ。

社会の判断は、民主主義だから多数決で決まるけれど、多数決であっても逆らってはいけないものが憲法である。憲法を書き換えるには、多数決以上の合意が必要なのだ。それが、「理想」であり、「精神」というものだろう。

自分に対して、そういう理想や精神を持っている人はとても強い。周りがなんと言おうと、時代がどうあろうと、自分が正しいと決めた理想を守る。実現が難しくても、少しでもそこへ近づこうとする姿勢、それが「人の強さ」だろう。

なんとなく、意味もわからず、「仕事にやりがいを見つける生き方は素晴らしい」という言葉を、多くの人たちが、理想や精神だと勘違いしている。それは、ほとんどどこかの企業のコマーシャルの文句にすぎない。そんな下らないものに取り憑かれていることに気づき、もっと崇高な精神を、自分に対して掲げてほしい。それは、「人間の価値はそんなことで決まるのではない」という、とても単純で常識的な原則である。

本書は、朝日新聞出版の大坂温子氏から昨年メールをいただき、では書いてみようか、と引き受けたものだ。テーマが少し面白いと思ったからである。今年の一月一日から八日まで、毎日少しずつ執筆した。最近の僕は、作家業を引退している状態で、一日に一時間程度しか作家の仕事をしないことに決めている。ただ、正月だからといって休んだりはしない。毎日遊ぶし、毎日仕事をする。というよりも、たぶんこれも、既に趣味の一つなのだろう、と思うこの頃である。

二〇一三年一月八日　　森博嗣

森　博嗣 もり・ひろし
1957年12月7日愛知県生まれ。作家。工学博士。某国立大学工学部助教授として勤務するかたわら、1996年に『すべてがFになる』（講談社ノベルス）で第1回メフィスト賞を受賞し、作家としてデビュー。以後、『スカイ・クロラ』シリーズ（中央公論新社）、S＆Mシリーズ、Vシリーズ、Gシリーズ（いずれも講談社）などの小説から、『自由をつくる　自在に生きる』（集英社新書）、『人間はいろいろな問題についてどう考えていけば良いのか』（新潮新書）などのエッセィまで、約250冊以上の著書が出版されている。仕事量は1日1時間であり、最大の関心事は模型製作。

朝日新書
402
「やりがいのある仕事《しごと》」という幻想《げんそう》

2013年5月30日第1刷発行
2023年4月30日第14刷発行

著　者　森　博嗣

発行者　宇都宮健太朗
カバーデザイン　アンスガー・フォルマー　田嶋佳子
印刷所　凸版印刷株式会社
発行所　朝日新聞出版
〒104-8011　東京都中央区築地5-3-2
電話　03-5541-8832（編集）
　　　03-5540-7793（販売）

Published in Japan by Asahi Shimbun Publications Inc.
ISBN 978-4-02-273502-7
定価はカバーに表示してあります。

落丁・乱丁の場合は弊社業務部（電話03-5540-7800）へご連絡ください。
送料弊社負担にてお取り替えいたします。